GEORG TRAKL
孤独者的秋天

〔奥〕特拉克尔　　　　　　　　　　　　著
林　克　　　　　　　　　　　　　　　　译

人民文学出版社

图书在版编目（CIP）数据

孤独者的秋天 / (奥) 特拉克尔著 ; 林克译. —
北京 : 人民文学出版社, 2025. — (巴别塔诗典).
ISBN 978-7-02-019302-8

Ⅰ. I521.25

中国国家版本馆 CIP 数据核字第 2025AR9179 号

责任编辑　卜艳冰　何炜宏
装帧设计　朱晓吟

出版发行　人民文学出版社
社　　址　北京市朝内大街 166 号
邮政编码　100705

印　　制　凸版艺彩（东莞）印刷有限公司
经　　销　全国新华书店等

字　　数　80 千字
开　　本　889 毫米 × 1194 毫米　1/32
印　　张　7.125
插　　页　5
版　　次　2016 年 9 月北京第 1 版
印　　次　2025 年 6 月第 1 次印刷
书　　号　978-7-02-019302-8
定　　价　69.00 元

如有印装质量问题，请与本社图书销售中心调换。电话：01065233595

目录

愧对蓝色的死亡（刘小枫） _1

诗集

致妹妹 _3

澄明的秋天 _4

深渊 _5

诗篇 _7

死亡临近 _10

阿门 _11

傍晚之歌 _12

三窥亚麻布 _14

夜歌 _17

埃利昂 _18

梦中的塞巴斯蒂安

童年　_27

时辰之歌　_29

途中　_31

风景　_33

致男童埃利斯　_34

埃利斯　_36

霍亨堡　_39

梦中的塞巴斯蒂安　_40

沼泽地　_44

春季　_45

兰斯的傍晚　_46

僧山　_47

卡斯帕尔·豪斯之歌　_48

夜　_50

恶之转化　_51

孤独者的秋天

公园 _57

冬天的傍晚 _58

被诅咒者 _59

索尼娅 _62

追随 _64

秋魂 _66

阿弗娜 _68

孤独者的秋天 _69

死亡七唱

安息与沉默 _73

阿尼芙 _74

诞生 _76

没落 _78

致一位早逝者 _79

灵性的暮霭 _81

西方之歌　_82

澄明　_84

焚风　_86

流浪者　_87

卡尔·克劳斯　_89

致沉寂者　_90

基督受难　_91

死亡七唱　_93

冬夜　_95

逝者之歌

威尼斯　_99

人间地狱　_100

太阳　_102

笼中乌鸫之歌　_103

夏天　_104

残夏　_106

年　_108

西方　_109

灵魂的春天　_112

昏暗之中 _114

逝者之歌 _115

梦魇与癫狂 _117

《勃伦纳》 诗篇

在赫尔布鲁恩 _125

心 _126

长眠 _128

傍晚 _129

黑夜 _130

悲情 _132

还乡 _134

献身黑夜 _136

在东方 _137

控诉 _138

格罗德克 _139

夜之魂 _140

遗作

夜的颂歌 _ 145

赫尔布鲁恩的三个湖 _ 153

血罪 _ 155

水妖 _ 156

一头苍白的兽沉眠在朽坏楼梯的阴影里……
_ 158

死者的寂静爱这古老的花园…… _ 159

山岩以粉红的台阶沉入沼泽地…… _ 160

蓝色的夜在我们的前额缓缓升起…… _ 161

哦,栖居在暮色花园的寂静里…… _ 162

傍晚 _ 163

风,白色的声音在沉醉者的太阳穴
絮语…… _ 164

如此轻悄 _ 165

春天的露珠从昏暗的树枝…… _ 167

致诺瓦利斯 _ 168

忧伤的时辰 _ 169

夜的哀怨 _ 170

傍晚 _171

诗篇 _172

秋天的还乡 _174

残韵 _175

暮年 _176

向日葵 _177

散文选

启示与没落 _181

梦境 _185

取自金圣餐杯——巴拉巴斯 _191

取自金圣餐杯——玛利亚·马格达莱娜 _194

孤独 _200

译后记 _204

附记 _212

愧对蓝色的死亡
——献给八十年代的情谊

刘小枫

"不愧于人，不畏于天"（《诗经·小雅》）——对我们而言，这中国君子（最早的汉语诗人）的原初精神感觉是远古的漫夜，深邃得有如——借用特拉克尔喜欢的语词——"纯粹的蓝色"。面对这已然如蓝色灵光的远古精神感觉，现代诗人若有所失，难免会寻问属于自己的——亦即现代的所在——死亡。如果死亡属于人，"不愧于人"则不够，应愧对死亡吗？一九一四年，第一次世界大战刚刚爆发，二十七岁的现代德语大诗人特拉克尔在战争前线因服毒过量而死。这死恐怕不能算自杀，兴许是意外；可是，从特拉克尔留下的诗作来看，诗人似乎早已踱入死的国度——不是有一组诗的标题就叫《逝者之歌》吗？"逝者"在哪里？他"栖居在夜的蓝色灵光里"，"周围凛然环绕着清凉的蓝光和秋天的余晖"——这个"他者"想必是诗人自己。二十世纪刚过去那年（二〇〇〇年），德国一位资深文学史家出版了一本书《二十世纪五大德语诗人》，似乎要为二十世纪的德语诗界确定谁获得了历史的迷离目光的挽留——五个诗人的名额不是事先定下来的，而是有多少算多少。经过时间的"紫色痛苦和一个伟大种族的哀怨"（特拉克尔句），许多显赫一时的诗人随"冰凉"的时光而去，里尔克、特拉克尔、霍夫曼斯塔尔、本恩、策兰经这位文学史权威认定成为二十世纪历史所挽留的德语五大诗人。特拉克尔死得很早，留下诗作不多。笔者一九九〇年代初在巴塞尔旧书市场捡得《特拉克尔文迹全编》（含所有诗作、散文和书信），不过一册三百页的书而已——诗人能否被历史挽留，不在写得多，而在是否以尖利的语言刻写下让历史刻骨铭心的感觉。特拉克尔给历史留下了什么样的刻骨铭心的感觉表达？诗就是诗，非任何什么"学"可以把握——诗只能以诗的感觉去读，换言之，大诗人的诗只能通过大诗人的诗才能得到较为恰切的理解。博尔赫斯有一首诗让世上好些诗人自愧竟然还在写诗，这首诗题为《愧对一切死亡》。据说，成为诗人的感觉首先在于内心生发出愧对感，尤其愧对自己的死亡。可是，博尔赫斯没有说愧对"自己的死亡"，而是说愧对"一切死亡"。什么叫"一切死亡"？为什么是愧对"一切死亡"？语词"死亡"对于诗人乃是一个身体的所在——在那里，身体已然不在。"一切死亡"意味着死对于诗人而言不是"一个"自己，"死者不是一位死者：那是死亡"（博尔赫斯句）；因为，在"一切"死亡中，连纯粹的颤抖也隐没在"蓝色的幽暗笼罩着的家"（特拉克尔句）。也许，按博尔赫斯的感觉，一个人自己的死亡仍然实在,"一切死亡"却不实在而又无处不在:"死者一无所在,仅仅是世界的坠落和缺席",就像"日子是百叶窗上一道流血的裂口"(博尔赫斯句)。我们的远古先贤说过,"不以人之所不能者愧人"(《礼记·表记》)。愧对死亡是"人之所不能者",博尔赫斯为何要以人之所不能者愧人?——因为他是现代的诗人。何为现代的诗人?据西方的思想者说,现代诗人的身份标志是已然进入纯粹死亡,置身于所谓"一切死亡"之中。纯粹死亡无异于现代诗人的自我感觉,现代诗人正是通过这纯粹的眼睛来看历史具体的生命:我们夺走它的一切,不给它留下一种颜色、一个音节:这里是它的希望不再注视的庭院,那里是它的希望窥视的人行道。——作为现代诗人的"我们像窃贼一样已经瓜分了夜与昼的惊人财富"(博尔赫斯句)。没有进入纯粹死亡、并进而用这纯粹的眼睛看生命,就还算不上是真正现代的诗人——有人会是诗人,但不是现代的,尽管他生活在现代;有人会是现代的,但不是诗人,尽管他"写诗"——如今我们有太多的"诗人",甚至有拥抱别人和自己死亡的诗人,他们在沸腾的文化街市之上或之下去寻找庄重的天空,却丝毫没有"愧对一切死亡"的感觉。"不愧于人,不畏于天"——高古的汉语诗人看重对当下生活的纯粹愧然,而非对纯粹死亡的愧然。为什么非要从对当下生活的纯粹愧然转向对纯粹死亡的愧然?——因为,博尔赫斯回答说,生命的嘴唇满含回忆,生命迟缓的强度是珍惜痛苦的希望。"不愧于人，不畏于天"与"愧对一切死亡"的差异，俨然刻写了古典与现代诗人的生命感觉差异，但在博尔赫斯的感觉中，纯粹死亡的愧然恰恰源于古典的纯粹生命的愧然，这古典式的回忆和希望乃"现代"生命的"夜与昼的惊人财富"——难怪特拉克尔的《逝者之歌》最后两行写道："寂静的家园和森林的传说，规范、律法和逝者洒满月光的小径。"特拉克尔用自己极富色彩感的语言才华所呈现出来的正是"一切死亡"这样的现代感觉——特拉克尔喜欢写"梦"，梦在他的诗笔下有如纯粹死亡。奇妙的是，这"一切死亡"的感觉虽然纯粹，在特拉克尔诗语中却色泽斑斓——主色为"蓝色"和"紫色"。下面这首并非特拉克尔之作，而是我用从他的散文《梦魇与癫狂》中挑出的色彩句随意组合而成的一首拟作，不妨题为《愧对蓝色的死亡》：从蓝色的镜湖步出妹妹瘦削的身影夜里他的嘴破裂像一枚红色的果实他窥视幽幽停尸间的尸体，美丽的手上腐烂的绿斑他走进褐色的河谷草地，哦，狂喜的时辰绿色河畔的傍晚，灵魂悄悄吟唱泛黄的歌谣他以紫色的前额走进沼泽，死亡踏出紫色的花朵妇人的长裙发出蓝色的窸窣声，红色的猎人走出森林他继续坠入黑暗，惊奇地望着金色的星空在院子里渴饮蓝色的井水，哦，神采奕奕的天时被紫色的夜风吹散蓝色的幽暗笼罩着家。特拉克尔特别喜欢蓝色，大概与他喜欢的前辈"蓝花诗人"诺瓦利斯有些关系——这里不便谈论诺瓦利斯，他的生命本色就是"蓝色的幽暗"本身……

附记：差不多二十年前，我为"新知文库"做选题时，挑选了德国罗沃尔特（Rowohlt）版的《特拉克尔小传》，委托林克兄翻译。林克和我是大学同学，比我高半个年级。读书的时候，我仅仅听说他嗜酒、好游山玩水，从没听说过他念书用功（和偷偷写诗）。没有想到，毕业时他竟然是留校的高才生——才子就是才子。以后的岁月，他在北京大学德语系继续念了学位，到维也纳进修，随身不离的仍然是两品所好：德语现代诗和重庆醇老的酒。《特拉克尔小传》翻译出来后，我的审读无异于享受：对照德文原文读《特拉克尔小传》中辑录的特拉克尔纯粹蓝色的诗句和散文，有如踏进"褐色的河谷草地"——可惜译稿在一九九〇年流落别处，一直未见问世[①]，迄今仍为憾事。如今，林克兄终于完成了我念念不忘要他译的这部特拉克尔诗文集，并问序于我——我心中涌出的尽是八十年代的那段情谊……

---

① "罗沃尔特伟人传记"系列之《特拉克尔》，作者奥托·巴西尔，译者林克，2019 年由四川人民出版社出版。——编注

诗 集

致妹妹

你去的地方将是秋天和黄昏,
蓝色的野兽在树下沉吟,
寂寞的池塘静卧黄昏。

群鸟的飞翔悄声沉吟,
忧郁印在你的眉间。
你浅浅的微笑也在沉吟。

上帝弯曲了你的眼睑。
夜里,耶稣受难日的孩子,
星星搜寻着你的额间。

澄明的秋天

年之终结如此盛大:
金色的葡萄,果园的果实。
树林沉默神奇而圆满,
树林是孤独者的伴侣。

农夫这时说:年成不错。
悠悠的晚钟轻轻飘散,
给终结带来欢乐的情调。
迁徙的候鸟声声啼唤。

这是柔和的爱情季节。
随轻舟漂下蓝色的小河
美丽的画图一一展现——
在安息和沉默中缓缓沉落。

深　渊

一场黑雨落在收割后的庄稼地。
一棵褐色的树子子独立。
一阵疾风刮过空荡荡的草棚。
这个黄昏多么忧伤。

走过村庄
柔和的孤儿还在拾零散的麦穗。
她圆亮的眼睛在暮色里觅食，
她心中期待着天堂的新郎。

回家的路上
牧人发现柔美的躯体
腐烂在刺丛里。

我是一个影子远离阴沉的村庄。
从林苑的井里

我啜饮过上帝的沉默。

冰凉的金属践踏我的前额
蜘蛛搜寻我的心。

一丝光熄灭在我的嘴里。
夜里我曾在荒原找到自己,
沾满了星星的垃圾和尘埃。
榛子林中
再度响起晶莹的天使。

诗篇（第二稿）
——献给 K. 克劳斯

一盏灯已被大风吹熄。

一只水罐在午后被醉酒的牧人遗弃。

一座葡萄园已化为灰烬，唯余爬满蜘蛛的洞穴。

一个空间已被他们用牛奶浸渍。

癫狂者已经死去。太平洋上的孤岛

迎接日神的莅临。鼓声隆隆。

每当大海歌唱，男人跳起战舞，

女人扭动臀部，恍若蛇藤和火花。

哦，我们失去的乐园。

仙女离弃了金色的山林。

陌生人正被埋葬。闪烁的阵雨接踵而至。

潘神之子装扮成铺路工，

在灼热的沥青旁睡过正午。

院子里的女孩衣衫露出揪心的贫困！

厅堂传来和弦与小夜曲。
影子对着失明的镜子互相拥抱。
病房的窗前有病人取暖。
白色的汽轮沿运河载来血淋淋的瘟疫。

陌生的妹妹再度潜入谁的噩梦。
眠于榛子林她与他的星辰游戏。
窗前的大学生目送她远去,也许酷肖她。
他身后站着死去的兄弟,或走下陈旧的旋梯。
在褐色栗树的暗影里年轻修士的形象渐渐苍白。
夜色笼罩花园。蝙蝠盘旋于十字回廊。
房主的孩子停止游戏,寻觅天空的金辉。
四重奏曲终的和弦。失明的女孩震颤穿过林
　　荫道,
随后她的影子沿冷墙摸索而去,沉浸在童话和神
　　圣的传说里。

一条空空的小船傍晚漂下黑色的运河。
人类的废墟风化在昔日避难所的阴影里。
死去的孤儿躺在花园的墙边。
天使步出灰暗的房间,翅膀沾满污秽。
蛆虫从他们褪色的眼睑滴落。

教堂广场昏暗沉寂，仿佛在童年的日子。
以银色的脚掌更早的生命轻轻滑过。
被诅咒者的影子躺入呻吟的湖水。
白色的术士在他的墓穴玩他的蛇。
上帝金色的眼睛在头顶默默睁开。

死亡临近（第二稿）

哦，傍晚正潜入童年幽暗的村庄。
柳树下的池塘
充满了忧郁刺鼻的呻吟。

哦，树林悄悄垂下褐色的目光，
当狂喜年代的紫色
从孤独者干枯的手掌沉落。

哦，死亡临近。让我们祈祷。
在香烟[①]熏黄的柔和的衾枕上
恋人瘦削的肢体今夜分离。

---

① 指祭祀神灵用的香烟，以下均同。——译注

阿 门

朽物滑过霉烂的小屋;
黄色台布边的影子;昏暗的镜中拱起
我们的手掌象牙色的悲哀。

褐色珍珠流过僵死的手指。
静悄悄
一位天使睁开蓝色的罂粟眼。

傍晚也是蓝色;
我们死去的时刻,阿茨拉埃尔的影子
遮蔽了一个褐色的花园。

傍晚之歌

傍晚,我们走上昏暗的小径,
前面出现了我们苍白的身影。

口渴的时候,
我们饮湖里白色的水,
悲伤的童年的甜美。

早已死去我们沉眠在接骨木的树丛里,
注视灰色的海鸥。

春天的云升上阴沉沉的都市,
这都市令更高贵的僧侣时代沉默。

当我握住你那双瘦小的手,
你悄悄睁开圆圆的眼睛,

这是在很久以前。

可是当昏暗的谐音触动灵魂时,
白色女郎你出现在朋友秋天的风景里。

三窥亚麻布[①]

——致 E. 布施贝克

一

窥视亚麻布：葡萄的枯藤和乌云的沉静

盘绕着村庄，黄色的磐石山冈

和傍晚泉水的清凉：孪生的明镜

镶着影子和滑腻岩壁的镜框。

秋天的路和十字架走进傍晚，

歌唱的香客和血迹斑斑的亚麻布。

孤独者的形象于是转向内部，

他穿过，苍白的天使，空空的林苑。

焚风起于黑暗。苗条的少女钟情

[①] 特拉克尔诗中的"亚麻布"大概有两层含义：耶稣的裹尸布或女人（妹妹）的亚麻衫。——译注

萨蒂尔①；色情的僧侣苍白的祭司，
他们的癫狂缀满百合花，美丽而阴沉，
朝上帝金色的圣柜合掌敬礼。

二

沾湿了圣柜，一滴玫瑰色的露珠
挂在迷迭香上：风吹过气味像医院
和坟墓，混有高烧的狂叫和诅咒。
骸骨爬出祖坟阴森又腐烂。

蓝色的泥泞和面纱里老翁的女人跳舞，
污秽的头发沾满黑色的泪水，
干枯的柳树上男童迷失在梦里，
麻风使他们的前额粗糙而秃露。

傍晚沉入窗门多么温和。
一位圣人步出他黑色的伤疤。
紫色的蜗牛爬出粉碎的硬壳，
吐血于编扎的刺藤僵硬可怕。

---

① 希腊神话中耽于淫欲的森林之神，有尾巴和山羊腿。——译注

三

瞎子把香烟撒入溃烂的伤口。
红金色衣裳;火炬;吟唱的诗篇;
少女们像毒虫缠绕主的身躯。
蜡制的人物踏过烈火和硝烟。

患麻风的布谷领跳子夜的轮舞
枯骨一般。非凡奇遇的花园;
黑色刺丛中的扭曲物;花的鬼脸,
笑声;巨形怪兽和滚动的星宿。

哦,贫穷,乞丐的汤,面包和香葱;
树林前的茅棚里生活的梦想。
黄色田野上灰色变硬的天空,
一阵晚钟按古老的风俗吟唱。

夜 歌

不动者的呼吸。一张兽脸
因蓝光,因蓝光的圣洁而僵化。
岩石里的沉默无边无际;

夜鸟的面罩。轻柔的三和弦
化为一个弱音。厄莱!你的面孔
无言俯向淡蓝的湖水。

哦!真理沉寂的明镜。
孤独者象牙般的沉眠
映出陨落的天使的残辉。

埃利昂

心情寂寥的时候
多么美妙,阳光下走过
夏日黄灿灿的墙垣。
轻轻蹚过草地;潘神之子却依然沉睡
在灰色的大理石下。

我们在傍晚的草坪醉饮棕色的葡萄酒。
绿叶掩不住灼灼的桃红;
温柔的小夜曲,欢畅的笑声。

黑夜迷人的寂静。
在幽暗的草地上
我们与牧人和白色的星星相逢。

如若秋天来临
林子里一片肃穆的澄明。

我们怀着柔情沿红墙漫步,
目光随飞鸟远去。
傍晚白色的水沉入墓园的骨灰坛。

光秃秃的树枝透出晴空。
农夫洁净的手上捧着面包和葡萄酒,
墙上的果实在阳光下安然成熟。

哦,可敬的死者的面容多么严肃。
心灵却陶醉于正当的观望。

废园的沉默无边无际,
年轻的修士额上挂着棕色的叶环,
他的呼吸啜饮冰凉的金辉。

手掌触动淡蓝湖水的年龄
或寒夜里姐妹们白色的面颊。

轻柔的脚步悄悄走过亲近的房间,
那里一片沉寂,槭树沙沙作响,

也许乌鸫鸟还在歌唱。

昏暗的身影,人是美丽的,
当他惊奇地舒展四肢,
在紫色的洞穴里默默张望。

晚祷时陌生人自失于十一月黑色的毁灭,
干枯的树枝下,沿着麻风墙,
神圣的哥哥从前走过的地方,
他已沉入癫狂那柔和的旋律,

哦,晚风寂然止息。
垂死的头颅在橄榄树的阴影里垂下。

种族的没落令人震撼。
在这个时辰观望者眼里蓄满了
他的星辰的金辉。

钟声在傍晚沉没,它不再敲响,
广场黑墙倾倒,

死去的士兵催人祷告。

一位苍白的天使
儿子步入祖辈空荡荡的家。

姐妹们已去远方拜谒白色老人。
夜里梦游人曾在穿廊的圆柱旁找到她们,
从悲哀的朝圣归来。

哦,她们的长发沾满了污秽和蛆虫,
他进去站住银色的脚,
早已死去她们走出空洞的房间。

哦,子夜暴雨里的诗篇,
奴仆曾用荨麻抽打温柔的眼睛,
接骨木的幼果
正惊悸地垂向空空的坟墓。

一双失色的月亮悄悄滑过
少年的迷狂亚麻衫,
在他追随冬天的沉默之前。

一种崇高的命运沿基德隆溪沉思而下，
那里雪松，一种柔软的造物，
伸展在父亲蓝色的眉间，
夜里一个牧羊人领羊群穿过牧场。
或有梦中的呼叫，
当一个金属天使在林苑向人逼近，
圣者的肉体熔于炽热的铁锈。

紫色的葡萄缠绕土屋，
——泛黄的麦捆，
蜜蜂嗡嗡，鹤鸟飞翔。
复活者相逢在黄昏的山路上。

麻风病人映在黑色的湖水里；
他们要么敞开沾满秽物的衣襟
向着熏风痛哭，风从蔷薇色的山坡吹来。

苗条的村姑摸索穿过夜的深巷，
她们能否找到那挚爱的牧人。
星期六的小屋响起柔情的歌声。

也让歌声记住这男童，

他的癫狂、白色眉毛和他的沉沦,
记住睁着蓝眼睛的腐烂者。
哦,多么悲哀的重逢。

黑色的房间里癫狂的阶梯,
敞开的门下老人的影子,
埃利昂的灵魂窥入蔷薇色的镜中,
雪花和麻风坠离他的前额。

星星与光的白色形象
已在墙上熄灭。

地毯下爬出坟墓的骸骨,
山坡上朽坏的十字架的沉默,
紫色的夜风里香烟的甜美。

哦,黑嘴里眦裂的眼睛,
那一刻,孙子在柔和的癫狂中
孤独地沉思更昏暗的终结,
无言的上帝向他垂下蓝色的眼帘。

_ 梦中的塞巴斯蒂安*

* 这个组诗的标题也是下面四个组诗的总标题,为特拉克尔的代表作,总共47首,另有3篇散文诗。此系节译。——译注

童 年

接骨木果实累累；宁静的童年一度
栖居在蓝色的洞穴。沉寂的树枝
思念着逝去的小径，如今野草枯黄，
一片萧瑟；树叶的沙沙声

难以分辨，当蓝泉潺潺流过山间。
乌鸫鸟婉转哀鸣。一个牧人
无言地追随秋山沉坠的夕阳。

一个蓝色的瞬间更赋有灵性。
一只畏怯的兽出现在树林边，山谷里
安息着古老的钟声和幽暗的村庄。

你更虔诚地悟出昏暗岁月的意义，
寂寞房间里的清凉和秋天；
圣洁的蓝光里闪亮的跫音渐渐远去。

敞开的窗门微微响动；

山冈墓园的残景催人泪下，

追忆孩提时的传说；但有时心灵豁然开朗，

想起快乐的人们，暗金色的春日。

时辰之歌

恋人以昏暗的目光互相观望,
闪耀的金发恋人。凝视的幽暗里
期盼的手臂纤细地互相缠绕。

受祝福者嘴已呈紫色破裂。圆圆的眼睛
映出春天午后的暗淡金辉,
树林的边缘和黑晕,绿原傍晚的恐惧;
或不可言喻的鸟的飞翔,尚未出生者的
小径沿幽暗的村庄和孤独的夏天远去,
一只逝兽偶尔踱出衰竭的蓝光。

黄色的麦浪轻轻拂过田野。
严酷的生活,农夫坚韧地挥动长镰,
木匠嵌合沉重的房梁。

紫色染上了秋天的树叶;僧侣之魂

晃过欢庆的日子；葡萄熟了，
宽敞的庭院喜气洋洋。
淡黄的果实愈加香甜；轻轻飘来
快乐者的笑声，阴凉酒家的舞曲；
暮色花园里逝去男童的跫音和岑寂。

途 中

人们在傍晚把陌生人抬进停尸房；
一股沥青的气味；红色梧桐轻轻吹动；
寒鸦阴郁的飞翔；广场上哨兵换岗。
太阳沉入黑色的亚麻布；这逝去的傍晚天天
　　复返。
妹妹在隔壁弹奏舒伯特的小夜曲。
她的笑声悄悄沉入凋敝的井泉，
暮色里蓝潺潺的井泉。哦，我们苍老的种族。
有人在下面花园絮语；有人从这夜空离去。
橱柜上苹果飘香。祖母点燃金色的蜡烛。

哦，多么柔和的秋天。我们悄悄漫步在古老的
　　公园，
高高的树下。哦，黄昏风信子般的面容多么
　　严峻。
蓝泉在你脚下，你嘴唇的寂静殷红如谜，

被树叶的沉睡,垂暮葵花的暗淡金辉蒙上了
　　阴影。
你的眼睑因罂粟而沉重,在我的前额悄悄梦幻。
轻柔的钟声穿透肺腑。一朵蓝色的云
你的面孔随夜幕降临我身上。

一支吉他曲在一个陌生的小酒店响起,
那里野性的接骨木树丛,十一月的一天
早已过去,暮沉沉的楼梯上熟悉的脚步,
棕色柱顶盘的形影,一扇敞开的窗门,
那里曾留下一个甜美的希望——
这一切难以言喻,哦,上帝,令人震颤跪倒。

哦,今夜多么昏暗。一朵紫色的火焰
早已在我的嘴边熄灭。寂静之中
惊惧的灵魂那孤独的琴声渐渐消失。
放弃吧,当醉醺醺的头颅沉入泥淖。

风景（第二稿）

九月的黄昏；牧人阴沉的呼唤苍凉穿过
日暮的村庄；铁匠铺火花四溅。
黑色猛然腾立；少女风信子般的鬈发
追逐它紫色鼻翼的情欲。
牝鹿的叫声悄悄凝固在树林的边缘，
秋天的黄花无言俯向
池塘蓝色的面孔。一棵树葬身于
红色的火焰；蝙蝠以阴暗的面目拍翅惊飞。

致男童埃利斯

埃利斯,当乌鸫鸟在黑树林啼唤的时候,
这就是你的末日。
你的嘴唇啜饮蓝色岩泉的清冽。

且忘掉,若你的前额悄悄流血
古老的传说
和飞鸟的神秘释义。

但你以轻柔的步容走进夜里
挂满紫色的葡萄,
你在蓝光里更美地舒展手臂。

一片刺丛沉吟,
在你蒙眬的目光停留的地方。
哦,你已逝去多久,埃利斯。

你的肉体是一株风信子，
一位僧侣将蜡样的手指浸入其中。
黑色的洞穴是我们的沉默。

偶尔有温和的兽由此踱出，
缓缓垂下沉重的眼帘。
黑色的露珠滴入你的长眠，①

陨星最后的闪耀。

---

① 此句谐音双关，"长眠"（Schlaf）与"太阳穴"（Schläfe）音形俱同，字面的意思是：露珠滴落到你的太阳穴上，故有后面的"闪耀"。这个意象在诗中多次出现。——译注

埃利斯（第三稿）

一

这金色日子的寂静完美无缺。
在古老的橡树下
出现了你的身影，埃利斯，圆眼睛的安息者。

蓝色的目光映着情人的沉睡。
在你的嘴边
她蔷薇色的叹息早已喑哑。

渔夫在傍晚收拢沉重的网。
善良的牧人
沿树林驱赶他的牧群。
哦，埃利斯，你所有的日子多么纯正。

光秃秃的墙边

橄榄树蓝色的寂静悄悄沉坠,
一位老人昏暗的歌声渐渐止息。

一条金色的小船
在寂寥的天空摇荡着你的心,埃利斯。

二

柔和的钟声回荡在埃利斯的胸间
在傍晚,
他的头正沉入黑色的衾枕。

一头蓝色的兽
在刺丛里暗自泣血。

一棵褐色的树子子独立;
蓝色的果实早已坠落。

征兆和星星
悄悄沉入傍晚的池塘。

山后的冬天已经来临。

蓝色的鸽子

夜里啜饮冰凉的汗珠,

从埃利斯晶莹的前额渗出。

黑色的墙边

上帝寂寥的风声不绝如缕。

霍亨堡(第二稿)

无人的家园。秋天留守房间；
向晚树林边
梦醒时分月色小夜曲。

你时刻思念着人的白色形象
远离时代的喧嚣；
绿枝、黄昏和十字架

喜欢垂顾梦幻的兽；
歌者的星辰爬上空宅的窗棂，
用紫色的手臂拥抱他。

于是陌生人在昏暗中战栗，
那一刻，他的目光悄悄投向
遥远的人的形象；穿堂风的银色声音。

梦中的塞巴斯蒂安

——献给 A. 洛斯

一

母亲背着孩子在白色的月光里，
在胡桃树和古老接骨木的阴影里，
沉醉罂粟，沉醉于乌鸫的哀鸣；
默默地
一张胡子脸怜悯地俯向她

悄悄在昏暗的窗前；祖祖辈辈的
老家当
已经朽坏；爱情与秋天的梦幻。

年的那一天于是黯淡，忧伤的童年，
当男童悄悄蹚入清冽的湖水，银色的鱼，
安息与面孔；

那一刻,他木然迎向疯狂的黑马,
阴森的夜里他的命星临照头顶;

或者当他牵着母亲冰凉的手
在傍晚穿过圣彼得秋天的墓园,
柔软的尸体默默躺在幽暗的墓穴,
那人冷眼注视着他。

可他是一只枯枝里的小鸟,
十一月的晚钟久久回荡,
父亲的沉默,当他在梦中走下暮沉沉的旋梯。

二

灵魂的安宁。寂寞的冬日黄昏,
古老的湖畔牧人昏暗的身影;
草棚里的孩子;哦,那张脸
在黑色的迷狂中悄悄沉失。
神圣的夜。

或者当他牵着父亲坚硬的手
默默爬上幽暗的各各他,

在蒙眬的壁龛中
人的蓝色形象穿过那座山的传说,
从心下的伤口流出紫色的血。
哦,十字架在昏暗的灵魂里悄悄站起。

爱;那一刻雪融于黑色的角落,
一丝蓝风欣喜地吹拂古老的接骨木
和胡桃树的拱影;
男童蔷薇色的天使悄悄莅临。

欢乐;那一刻小夜曲在清凉的房间响起,
棕色的柱顶盘上
银色的蛹化为一只蓝蝴蝶。

哦,死亡的临近。石墙里
垂下黄色的头颅,孩子默默无语,
当月亮凋残在那个三月。

三

黑夜的墓拱里蔷薇色的复活节钟声
和星星的银色声音,

昏暗的癫狂终于震颤坠离长眠者的前额。

哦,静静走下蓝色的河流
想起遗忘之物,在绿树枝头
乌鸫鸟曾将一个异物唤入沉沦。

或者当他牵着老人枯槁的手
在傍晚走近坍塌的城墙,
那人黑袍里抱着一个蔷薇色的婴儿,
恶魔出现在胡桃树的阴影里。

在摸索中越过夏天绿色的台阶。
哦,秋天褐色的寂静里花园悄悄凋敝,
古老接骨木的芬芳和忧郁,
那一刻,天使的银色声音
渐渐消失在塞巴斯蒂安的影子里。

沼泽地（第三稿）

黑风中的流浪者；干枯的芦苇瑟瑟絮语，
沼泽的静寂。灰色的天空
又一行野鸟飞过；
横渡黯淡水泊。

骚动。废弃的茅棚
腐烂正煽动黑色的翅膀；
扭曲的桦树随风呻吟。

寂寞酒肆的黄昏。吃草的牧群淡淡的愁绪
笼罩着回家的路，
夜的景象：蟾蜍冒出银色的水洼。

春 季

雪曾悄悄坠离昏暗的步履,
树荫下恋人
正撩起蔷薇色的眼帘。

夜和星星始终追随着船夫
阴郁的号子;
桨合着节拍轻击水面。

倾圮的墙边紫罗兰
就要盛开,
孤独者的长眠静静地抽绿。

兰斯的傍晚（第二稿）

沿泛黄的麦捆漫步
穿过暮沉沉的夏天。新漆的门拱下，
燕子穿梭，我们畅饮烈酒。

美呀：忧郁和紫色的酣笑。
如今傍晚和绿草幽暗的气味
一阵阵凉彻我们灼热的前额。

银色的水漫过树林的梯坎
和黑夜，无言地漫过被遗忘的生活。
朋友；繁茂的小径引入村庄。

僧山（第二稿）

荒芜的小径在秋天榆树的阴影里沉降，
远离树叶的寮棚，沉睡的牧人，
昏暗的清凉身影始终随流浪者

越过嶙峋的山道，男童风信子般的声音，
悄悄诉说被遗忘的森林神话，
一头病兽此刻更柔情地诉说

哥哥愤懑的哀怨。因为稀疏的绿草触及
陌生者的膝盖，石化的头颅；
渐近的蓝泉发出女人的哀怨。

卡斯帕尔·豪斯之歌
　　——献给 B. 洛斯

他确实爱那紫烟中落山的夕阳，
林中的小路，歌唱的黑鸟
和那片芳草萋萋。

他树荫下的栖居毫不做作，
他的容貌纯真。
上帝将柔情的火焰判给他的心：
啊，人！

他的脚步悄悄引他到傍晚的都市；
他嘴里的阴森怨诉：
我要做一个骑士。

可是他身后紧随着丛林和野兽，
白色人的家宅和暮色花园，

他的刺客搜寻着他。

春来夏去,义人的秋天清丽,
他轻轻的脚步
绕过梦幻者昏暗的房间。
夜里他独守他的星辰;

看雪花飘落枯枝,
刺客的影子印在朦胧的穿廊。
尚未出世者的头颅银闪闪沉坠。

夜

我眼睛的蓝光已在此夜熄灭,
我红心的金辉。哦!光静静燃烧。
你蓝色的大氅笼罩了沉沦者;
你红色的嘴注定了朋友的癫狂。

恶之转化（第二稿）

秋天：树林边黑色的行进；哑寂的毁灭时刻；光秃秃的树下麻风病人的前额仰天聆听。早已逝去的傍晚此刻越过沼泽地的台阶沉下去；十一月。一阵钟声响起，牧人把黑红色的马群引入村庄。绿色的猎人在榛子树下掏取一头兽的内脏。他的双手血气腾腾，野兽的影子呻吟在男人眼睛上空的树叶之间，褐色和沉默；树林。乌鸦飞散；三只。它们的飞翔像一支小夜曲，满载逝去的和弦与男人的忧郁；一朵金色的云彩悄悄消散。男童们在磨坊侧畔点燃一堆篝火。火焰是最苍白者的兄弟，那人在笑声中葬身于他紫色的发间；或者这是一个谋杀之地，一条多石的道路从旁边绕过。小檗已荡然无存，梦儿长年萦绕在赤松林铅重的空气之中；一个溺水者的恐惧，绿色昏暗，流水汩汩；渔夫从星星的池塘拖出一条黑色的大鱼，面目残暴而迷乱。红色的小船上，那人把背后芦苇和愤懑男人的声音荡过冻冰的秋水，生存在他的种族昏暗的神话里，冷眼注视黑夜和处女的惊悸。恶。

是什么迫使你默默站在朽坏的楼梯上，在你祖先的家里？铅重的黑暗。你用银色的手把什么举到眼前；眼帘垂下像罂粟的沉醉？可是你望穿石墙看见星空、银河、土星；红红的。光秃秃的树疯狂撞击石墙。你在朽坏的阶梯上：树、星、石！你，一头蓝色的兽，悄悄战栗；你，苍白的祭司，在黑色的祭坛旁屠宰那只蓝兽。哦，你昏暗中的微笑，悲怆而凶恶，令一个酣睡的童子脸色苍白。从你的手掌曾经蹿出一朵红色的火焰，一只夜蛾葬身在火里。哦，光的芦笛；哦，死的芦笛。是什么曾经迫使你默默站在朽坏的楼梯上，在你祖先的家里？此刻一位天使用晶莹的手指在下面敲门。

哦，长眠之地狱；昏暗的巷道，褐色的花园。死者的身影悄悄沉吟在蓝色的傍晚。绿色的小花翩翩环绕她，她已被自己的面孔遗弃。或者在穿廊的暗处，逝去的面孔俯向凶手冰冷的前额；倾慕，紫色的欲火；渐渐死去，沉睡者早已越过黑色的阶梯坠入黑暗。

有人已在十字路口离弃你而你久久回望。银色的跫音在扭曲的苹果树的阴影里。黑色的树枝里果实闪闪发紫，蛇在草丛蜕皮。哦！昏暗；汗珠沁出冰凉的前额,忧伤的梦幻在葡萄酒中,在乡村酒店里,在被烟雾熏黑的柱顶盘下。你,蛮荒如故,这蛮荒从棕色的烟草云中变幻出玫瑰色的岛屿,从一个伯爵的肺腑中掏出野性的呼唤,当他追逐黑色的礁石在海里,在风暴和冰雪里。你,一块绿色的金属,里面藏着一张火热的脸,它欲离去,它欲从骨质的山冈歌唱幽暗的远古和天使燃烧的陨落。哦!绝望随哑寂的呼唤跪倒。

一个死者造访你。心中流出兀自倾洒的鲜血,黑色的眉间巢居着难言的时刻;昏暗的相遇,你——紫色的月亮,当那人出现在橄榄树的绿荫里。他身后紧随着永不消逝的夜。

孤独者的秋天

公 园

再度漫步在昔日的公园,
哦!黄花红花默默无言。
温柔的众神,你们也伤悲,
伤悲是秋榆淡淡的金辉。
芦苇肃立蓝色的湖畔,
乌鸫的啼鸣止于傍晚。
哦,面对祖先坍塌的石墓,
你也快垂下你的头颅!

冬天的傍晚（第二稿）

雪花飘落窗前，
晚钟悠悠回荡，
家家摆好了饭桌，
房舍已收拾停当。

浪游人沿昏暗的小径
来到一家门前。
从大地吸取寒露
圣诞树金光闪闪。

浪游人悄悄进门；
痛苦使门槛石化。
桌上的面包和红酒
映照着纯净的光华。

被诅咒者

一

暮色降临。妇人们走向水井。
栗树的阴影透出嬉笑的残阳。
一家店铺飘来面包的香味,
一朵朵葵花垂过一道篱墙。

河边的小酒店依然歌声袅袅。
吉他轻柔;硬币叮当作响。
那个女孩等候在玻璃门前,
温柔而苍白,头上光环闪亮。

哦!她的蓝光映在玻璃上,
周围镶着黑刺,僵硬迷狂。
一个佝偻的文人疯子般微笑,
笑声沉入被骚乱震惊的池塘。

二

瘟疫在傍晚侵染她的蓝袍,
阴暗的客人悄悄把门关上。
槭树黑色的负荷掉进窗棂;
男童把前额放入她的手掌。

她时常垂下愤懑沉重的眼帘。
童子的手指流过她的发丝,
他闪闪的热泪滚滚涌出,
洒入她的眼窝,阴郁而空虚。

一窝猩红的蛇懒散垂立,
她的怀腹搅得一片零乱。
两条胳臂松开死去的一个,
地毯的悲哀罩住死者不散。

三

一阵晚钟传入褐色的花园。
栗树的阴影里晃过一道蓝光,

一个陌生女人柔美的披风。
恶者炽烈的情感；木樨草的芬芳。

冰凉而苍白，湿润的前额垂向
一堆垃圾，老鼠在此乱钻，
猩红的星光淡淡地洒在上面；
苹果掉在花园沉闷而柔软。

夜色沉沉。焚风像幢幢幽灵
拂荡梦游男童的白色睡衣，
死者的手悄悄伸进他嘴里。
索尼娅的微笑温柔而又美丽。

索尼娅

傍晚复返昔日的花园；
索尼娅的生涯，蓝色的寂静。
迁徙的野鸟漂泊的途程；
枯树伴着秋天和寂静。

一朵葵花温柔地垂下，
垂向索尼娅白色的生涯。
红色的创伤，从未显露，
让人在幽室暗度生涯，

那里响起蓝色的钟声；
索尼娅的跫音，温柔的寂静。
垂死的鸟兽声声离情，
枯树伴着秋天和寂静。

昔日的阳光闪闪映照，

照着索尼娅白色的眉睫,
浸湿她面颊的朵朵雪花
和那片荒凉,印在她眉睫。

追 随

庄稼和葡萄已经收割,
秋天安息的乡村。
锻锤铁砧不停敲响,
紫树林中的笑声。

请给白色的童子捎来
昏暗篱边的女菀。
讲述我们已死去多久;
夕阳渐渐黯淡。

红色的鱼儿池塘里游;
前额悚然映现;
晚风悄悄吹向窗棂,
蓝色琴声婉转。

夜空的星星亲切闪耀,

让人再看一眼。
母亲的形象惶恐而痛苦；
木樨草隐入黑暗。

秋魂（第二稿）

猎人的呼唤和噬血的吠声；
十字架和褐色山冈的背面
湖泊的镜片渐渐失明，
苍鹰的叫声响亮而威严。

收割后的田野和小径上空
黑色的沉默已惶惶不安；
树枝透出纯净的天空；
唯有小溪依旧沉缓。

鱼和兽转眼就要离去。
蓝色的灵魂，昏暗的流浪
就要让我们与爱人分离。
傍晚转换着意义和图像。

纯正生命的面饼和葡萄酒，

上帝放入你温和的手中,
人却投之以昏暗的终结,
一切罪孽和红色的创痛。

阿弗娜（第二稿）

一个褐发童子。祈祷和阿门
悄悄昏暗了傍晚的清凉和阿弗娜
红色的微笑，镶着黄色的框架——
一朵朵葵花，恐惧和灰色的郁闷。

裹着蓝袍的僧侣当时曾看见
她被虔诚地画在教堂的窗棂；
当她的星辰像幽灵穿透他的心，
画像仍愿在痛苦中亲切陪伴。

秋天的没落；接骨木默默无言。
前额触及湖水蓝色的涌动，
一幅绒布蒙上一副尸棺。

腐烂的果实纷纷坠离枝头；
难言群鸟的飞翔，与垂死者相逢；
昏暗的岁月紧随在他的身后。

孤独者的秋天

昏暗的秋天携来丰硕的果实，
美好的夏日，光彩渐渐暗淡。
纯净的蓝光逸出朽坏的躯壳；
群鸟的飞翔沉吟古老的传言。
葡萄已经酿榨，那柔和的寂静
蕴含着神秘疑问的轻悄答案。

座座十字架耸立在荒凉的山冈；
一群牲畜迷失在红色的树林。
云彩缓缓飘过湖泊的镜面；
农夫安宁的神态沉入梦境。
夜晚蓝色的羽翼悄悄拂过
黑色的大地，麦秆铺成的房顶。

星星就要在倦者的眉间筑巢；
淡泊默默回归清凉的小屋，

天使悄悄步出恋人的蓝眼睛，
恋人愈加温顺地忍受痛苦。
芦荻萧瑟；恐惧森然袭来，
当干枯的柳树滴下黑色的露珠。

死亡七唱

安息与沉默

牧人曾经在光秃秃的树林
埋葬落日。
渔夫用鱼网打捞冰湖的月亮。

蓝色的水晶里
住着苍白的人,脸贴着他的星辰;
或者垂首在紫色的睡梦里。

但群鸟的黑色飞翔始终触动着
观望者,蓝花的圣洁,
思念着被遗忘之物的近寂,陨灭的天使。

在朦胧的岩石里前额再度入夜;
一位神采奕奕的少年
妹妹出现在秋天和黑色的腐烂里。

阿尼芙

追忆：海鸥滑过男性的忧郁
那昏暗的天空。
你静卧在秋天桦树的阴影里，
沉湎于山冈的法度；

你总是在傍晚的时候，
走下绿色的河流，
沉吟的爱；平静地遇上昏暗的兽，

一个蔷薇色的人。沉醉于淡蓝的气息
前额触动垂死的树叶，
想起母亲严峻的面孔；
哦，一切沉入黑暗；

尊严的房间和祖辈陈旧的家当。
陌生者心胸为之震撼。

哦，征兆和星星。

投生者负罪累累。痛苦呀，死亡金色的
战栗，
那一刻，灵魂梦幻更清凉的花。

枯枝间夜鸟的长鸣覆盖了
朦胧者的跫音，
冰寒的风刮过村庄的墙垣。

诞 生

阴沉沉的群山,沉默和雪。
红色的猎物奔出树林;
哦,野兽苔藓般的目光。

母亲的寂静;当寒冷的月亮
渐渐沉坠,黑色的枞树下
沉睡的手掌终于张开。

哦,人的诞生。夜茫茫,
山谷蓝泉潺潺;一声叹息
陨落的天使窥视着他的形象,

苍白的婴儿在霉烂的斗室醒来。
两个月亮
僵硬的老妪目光如炬。

产妇痛苦的嘶叫。夜以黑色的翅膀
滑过男婴的太阳穴,
雪从紫色的云层悄悄降下。

没落（第五稿）
——致 K. B. 海因里希

那一群野鸟
已远远飞越白色的池塘。
傍晚从我们的星辰刮来冰寒的风。

以破碎的前额
夜垂向我们的坟墓。
橡树下我们随银色的小船漂摇。

都市的白墙震鸣不绝。
在带刺的穹窿下
哦，我的弟兄，盲目的时针我们爬向子夜。

致一位早逝者

哦,黑色的天使悄悄步出树心,
那时我们是柔情的伴侣,
在傍晚,在蓝泉侧畔。
沉静的步履,褐色清秋里的圆眼睛,
哦,星星紫色的温馨。

可是他走下僧山的石阶,
脸上一丝蓝色的微笑,奇异地蜕入
更寂静的童年并死去;
朋友银色的面孔留在花园,
在树上或古老的岩石里聆听。

灵魂歌唱死亡,肉体绿色的腐烂,
那是树林的喧嚣,
野兽迷狂的悲鸣。
日暮的塔楼一再响起蓝色的晚钟。

时辰到了,他看见紫色阳光里的阴影,
枯枝间朽坏的阴影;
傍晚,乌鸫在暮沉沉的墙垣歌吟,
早逝者的幽灵在房中显现,悄无声息。

哦,鲜血涌出歌者的咽喉,
蓝花;哦,火热的泪水
洒入夜里。

金色的云彩和时光。寂寞的小屋,
你时常邀死者作客,
榆树下娓娓絮语,沿绿水漫步而下。

灵性的暮霭（第二稿）

一头昏暗的兽默默相遇
在树林边；
晚风悄然止于山麓，

乌鸫的哀鸣渐渐喑哑，
秋天柔和的笛声
偃息在芦管里。

沉醉罂粟，
你乘乌云飘过
朦胧的湖泊，

飘过星空。
妹妹清幽的声音一再
穿过灵性的夜。

西方之歌

哦,灵魂之翼夜里的拍击;
我们牧人曾经走过暮沉沉的树林,
身后紧随着红兽,绿花和潺潺的流泉
无比谦卑。哦,家蟋蟀古老的叫声,
祭坛上绽放的鲜血
和湖泊绿色的寂静上空孤鸟的嘶鸣。

哦,十字军东征和肉体炽烈的痛苦,
紫色的果实坠落在傍晚的花园,
远古虔诚的信徒走过的地方,
如今兵士从创伤和星星的梦中醒来。
哦,黑夜温馨的矢车菊花束。

哦,寂静和金秋的岁月,
我们和平的僧侣酿榨紫色的葡萄;
周围是闪光的山冈和树林。

哦,猎队和行宫;傍晚的安息,
那时候人在自己的斗室思索正义,
以默默的祷告求见上帝活生生的头颅。

哦,严酷的沉沦时辰,
我们在黑暗的水中窥见一张僵硬的面孔。
但恋人欣喜地撩起银色的眼睑:
单性。从蔷薇色的衾枕涌出香烟
和复活者甜美的歌声。

澄 明

傍晚来临的时候,
一张蓝色的面孔悄悄离你而去。
一只小鸟在罗望子树上歌吟。

一位祥和的僧侣
蜷曲死去的手掌。
一位白色的天使拜访圣母。

一个朦胧的花圈
扎满紫罗兰、麦穗和紫色的葡萄,
这是观望者之年。

死者的坟墓
为你的脚敞开,
当你把前额埋入银色的手掌。

秋天的月亮
静卧在你的嘴边，
昏暗的歌声醉于罂粟；

一枝蓝花
在风化的山岩里悄声沉吟。

焚 风

风中盲目的哀怨,朦胧的冬日,
童年,跫音悄悄消失在黑色的灌木丛,
悠悠的晚钟。
白夜悄然而至,

将坎坷人生的痛苦和忧患
化为紫色的梦,
苦难的毒钩便永远留在腐烂的肉体。
惊悸的灵魂在睡梦中深深叹息,

风在摧折的树上深深叹息,
母亲哀怨的形象
晃过孤独的树林

这片沉默的悲伤;夜,
满是眼泪,愤怒的天使。
童子的骨骼在光秃秃的墙垣银闪闪粉碎。

流浪者（第二稿）

白夜长倚山冈，
银色的声音里白杨树伸向夜空，
那里有星星和宝石。

沉睡的小桥横卧山涧，
一张憔悴的脸，残月伴随着男童
在蔷薇色的山谷

远离歌颂的牧人。古老的岩石里
蟾蜍以晶莹的眼睛张望，
花期的风醒了，亡族的鸟鸣和跫音
在树林里悄悄绿了。

于是想起树和兽。缓慢的青苔石阶；
而月亮

闪闪沉入忧伤的池塘。

男童归来了,漫步在绿色的岸边,
随黑色的小舟漂过衰落的都市。

卡尔·克劳斯

真理的白色大祭司,
晶莹的歌声里栖息着上帝冰凉的呼吸,
愤怒的巫师,
武士蓝色的铠甲在燃烧的大氅下铿锵震鸣。

致沉寂者

哦,大都市的癫狂,傍晚的时候
畸形的树守望在黑色的墙垣,
恶魔从银色的面罩向外窥探;
冷漠的夜以磁鞭驱逐光明。
哦,沉坠的晚钟。

冰凉的战栗,妓女分娩死婴。
上帝的愤怒狂挞痴迷者的前额,
紫色的瘟疫,撕裂绿眼的饥饿。
哦,黄金恐怖的笑声。

但更沉寂的人类在昏暗的洞穴默默流血,
坚硬的金属镶嵌成拯救的头颅。

基督受难（第三稿）

当俄耳甫斯奏出银色的乐章，

哀悼一只暮园的死兽，

巨树下的安息者，你是谁？

秋天的芦苇瑟瑟哀怨，

蓝色的池塘，

在抽绿的树下死去

追随妹妹的影子；

阴暗的爱情

属于一个野蛮的种族，

白日喧嚣乘金轮离它而去。

沉静的夜。

阴沉沉的枞树下

两匹狼曾以僵硬的拥抱

混合它们的血液；一头金色的兽

云彩早已失落在小桥的上空，

童年的忍耐和沉默。
柔软的尸体在海神的湖畔
再度相遇
沉睡在自己风信子般的长发里。
愿清凉的头颅最终粉碎!

因为一头蓝兽,暮沉沉的
树下的张望者,始终追随着——
这些更昏暗的小径上
醒着,被夜的谐音驱使着,
柔和的癫狂;
或者让琴声
更幽暗沉醉地鸣响
在冷漠都市那忏悔的女郎
清凉的脚边。

死亡七唱

春天淡蓝的暮霭；吮吸的树下
一个暗影潜入傍晚和衰亡，
聆听乌鸫婉转的哀怨。
夜默然出现，一只泣血的兽
在山坡缓缓倒下。

湿润的风中苹果树花枝摇曳，
枝缠枝银闪闪分离，
从朦胧的目光中死去；陨落的星辰；
童年温柔的歌谣。

昭然显现，梦游人曾经走下黑树林，
山谷蓝泉潺潺，
他悄悄撩起苍白的眼帘
窥见自己雪白的面孔；

月亮从洞穴中逐出
一只红兽;
妇人们阴森的怨诉在呻吟中死去。

白色的陌生者更欣喜地
向自己的星辰祷告;
一头死兽如今默默离别衰落的家。

哦,人的腐烂的形象拼凑而成:冰冷的金属,
沉沦的树林的夜与恐惧,
野兽烧灼的荒原;
灵魂悄无声息。

梦游人已随黑色的小船漂下闪光的激流,
一片紫色的星星,
嫩绿的树枝平和地垂向他,
银色的云化为罂粟。

冬 夜

下雪了。你已醉饮紫色的葡萄酒,在午夜之后离别世人昏暗的宿地和红色的炉火。哦,黑暗!

黑色的冰冻。大地坚硬,空气苦涩。你的星星结成恶的咒符。

踏着石化的脚步你沿铁路的堤坝沉重走去,双目圆睁,像一个士兵冲向一座黑色的堡垒。前进!

苦涩的雪和月亮!

一匹红色的狼正被一个天使扼杀。你的双腿嚓嚓迈动像蓝色的冰,一个忧伤和高傲的微笑把你的脸化为石头,冰冻的情欲使前额苍白;

或前额默默垂向一个看守的沉睡,他早已在自己的木棚里死去。

冰冻与烟雾。星星白色的罩衫焚烧着负重的双肩,上帝的鹰撕裂你那颗金属的心。

哦,僵硬的山冈。在寂静和遗忘之中清冽的肉体融入银色的雪。

黑色的沉睡。耳朵久久追随星星冰封的小径。

醒来的时候钟声曾经在村庄敲响。玫瑰色的白日银闪闪地踱出东方之门。

逝者之歌

威尼斯

朦胧的房间静悄悄。
银色的烛光
随孤独者的咏叹
闪烁不定；
魔幻的玫瑰云。

黑压压的蝇群
荫蔽了石质的空间，
浪子的头颅
沾满了
金色白日的痛苦。

大海安然入夜。
星星和黯淡的航程
已在海峡消失。
孩子，你病态的微笑
曾悄悄伴我入梦。

人间地狱

秋天的墙边,影子在山坡搜寻
沉吟的金黄
吃草的暮云
在枯槁梧桐的安息里。
这时代吮吸更阴暗的泪水,
天谴,当梦幻者的心
漫溢紫色的晚霞,
烟尘都市的忧郁;
金色的清冽从墓园吹送
行进者,陌生者,
像一具柔软的尸体暗暗陪伴。

石头建筑微微响动;
孤儿院,阴沉沉的医院,
运河边一艘红色的船。
腐烂的人们在黑暗中

梦幻沉浮，
天使前额冰凉
步出一扇扇黯淡的门；
蓝光，母亲控诉死亡。
从她们的长发滚过
喷火的轮子，浑圆的白昼
大地的苦难永无尽头。

在无欲的清凉房间
家具霉烂，以嶙峋的手掌
不祥的童年在蓝光之中
摸索童话，
肥鼠啮咬门和柜，
一颗心
凝固于雪白的寂静。
谎言黑色的刀剑，
饥饿紫色的诅咒
回响在腐朽的幽暗里，
一道铁门恍惚间关闭。

太 阳

黄澄澄的太阳天天爬上山冈。
美呀树林,昏暗的兽,
人;猎人或牧人。

粉红的鱼儿浮现在绿色的池塘。
苍穹之下
渔夫悄悄划动蓝色的小船。

葡萄和庄稼慢慢成熟。
当白昼默默倾斜,
善的和恶的已准备就绪。

夜降临之时,
流浪者悄悄撩起沉重的眼帘;
阳光射出幽暗的峡谷。

笼中乌鸫之歌

——献给 L. V. 菲克尔

绿树丛中的幽暗气息。
蓝色的小花簇拥着孤独者的
面孔,橄榄树下
渐渐消失的金色跫音。
夜以沉醉的羽翼噼啪飞起。
谦卑暗自泣血,
露珠从开花的刺丛缓缓滴落。
闪光的手臂的悲悯
拥抱着一颗破碎的心。

夏 天

林中布谷鸟的哀鸣
在傍晚沉默
麦子和红色的罂粟
更深地垂下。

一阵黑色的风暴
迫近山冈。
蟋蟀古老的歌声
消失在田野。

栗子树的树叶
不再摇曳
楼梯上你的衣衫
嚓嚓地响。

蜡烛默默照亮

昏暗的房间；
一只银色的手
曾让它熄灭；

无风之静，无星之夜。

残 夏

绿色的夏天悄然成熟,
还有你结晶的面孔。
湖畔的野花在黄昏死去,
乌鸫惊悸的叫声。

一生徒劳的希望。院子里
燕子已准备南迁,
夕阳沉下山冈;
夜已催唤赴星星的旅程。

村庄的寂静;离弃的树林
在周遭沉吟。心呀,
此刻以更深的爱
垂顾那安息的女人!

绿色的夏天悄然成熟,

陌生人的跫音
穿过银色的夜。
愿蓝色的兽思念它的小径,

它的灵性岁月的谐音!

年

童年昏暗的寂静。在嫩绿的梣树下
淡蓝目光的温顺在觅食青草；金色的安息。
一头昏暗的兽沉醉于紫罗兰的芳香；
傍晚摇曳的麦穗，种子和忧郁金色的影子。
木匠削凿横梁；日暮的山谷水磨旋转；
榛子林中拱起一张紫色的嘴，
红色的雄兽俯向沉默的湖水。
静悄悄的秋天和森林的幽灵；金色的云彩，
孙子的黑色影子伴随着孤独者。
石屋里的残迹；在古老的柏树下
泪水迷蒙的图像纷纷汇聚山泉；
开端金色的眼睛，终结昏暗的忍耐。

西方（第四稿）
——献给 E. 拉斯克尔-许勒

一

月亮，恍若一头死兽
踱出蓝色的洞穴，
落花纷纷
飘零在山路上。
病兽银色地痛哭
在傍晚的湖畔，
黑色的小船上
恋人早已死去。
或者埃利斯的跫音
穿过林苑
风信子的林苑
又消失在橡树下。
哦，晶莹的泪水

朦胧的影子塑造出
男童的形象。
游蛇般的闪电照亮了
永远清冽的长眠,
当泛绿的山冈
响起春天的雷暴。

二

我们故乡的绿树林
如此轻悄,
晶莹的浪花
在危墙边死去,
我们曾在梦中痛哭;
歌者以踌躇的脚步
沿刺丛走去
在傍晚的夏日,
在远方渐渐暗淡的葡萄园
神圣的安息里;
此刻影子,悲哀的山雕
在黑夜清凉的怀抱里。
一道朦胧的闪光悄悄

结束了忧郁紫色的圣餐。

三

庞大的都市

你们在平原

漠然崛起!

失去故乡的人

前额昏暗

无言地追随风,

山冈光秃秃的树。

你们暮沉沉的江河!

战栗的晚霞

在翻卷的云层

惶惶不安。

你们垂死的民族!

苍白的浪花

粉碎在夜的海滩,

陨落的星辰。

灵魂的春天

梦中的呼唤;疾风穿过黑巷,
春天昭示的蓝光透过残枝
和紫色的夜露,天边的星辰渐渐熄灭。
拂晓河水泛绿,古老的林荫道
和都市的钟楼一片银色。哦,漂流的小船上
浅浅的醉意,童年的花园里乌鸫鸟
幽暗的啼鸣。曙光照亮了蔷薇色的原野。

水波恣意喧腾。哦,草滩湿润的影子,
奔走的牲畜;抽绿的花枝
轻拂晶莹的前额;闪闪摇晃的小船。
太阳在山边的玫瑰云里悄声沉吟。
针叶林无比寂静,河岸肃穆的阴影。

纯真!纯真!死亡和灰色石质的沉默,
何处是它们可怕的小径,黑夜的悬崖

和不安的阴影?闪亮的阳光深渊。

妹妹,那一刻我在荒凉的林间空地找到你,
在下午,野兽的沉默无边无际;
疯狂的橡树下的白妹,刺丛开银色的花。
暴烈的死去,心中歌唱的火焰。

流水更幽暗地摩挲鱼儿美丽的游戏。
悲哀的时辰,默默注视太阳;
灵魂是大地上的异物。灵性的蓝光
笼罩被蹂躏的树林,幽暗的钟声
在村庄久久回荡;宁静的送葬。
桃金娘默默开放在死者白色的眼睑上。

沉坠的午后河流悄声沉吟,
岸边的荒原绿得更暗,蔷薇色风中的欢乐;
傍晚的山冈哥哥柔情的歌声。

昏暗之中(第二稿)

灵魂令蓝色的春天沉默。
湿润的夜枝下
恋人的前额已震颤沉坠。

哦,抽绿的十字架。男人和女人
曾经以昏暗的对话相互辨认。
沿着光秃秃的墙垣
孤独者正随他的星辰漫游。

被遗忘的狩猎的蛮荒
曾经沉积在
月光照亮的林中路上;
蓝色的目光逸出风化的山崖。

逝者之歌

——致 K. B. 海因里希

群鸟的飞翔无比和谐。葱郁的树林
在傍晚汇聚更幽静的茅棚;
小鹿亮晶晶的草原。
暮色平息了溪流的喧声,湿润的荫影

和随风吟哦的夏日花卉。
沉思者的前额有暮霭铺散。

他心中闪耀着一星灯火,善良
和圣餐的宁静;因为上帝之手
使面饼和葡萄酒圣洁,哥哥以迷离的目光
默默望着你,他渴望结束荆棘的旅程。
哦,栖居在夜的蓝色灵光里。

室内的沉默也慈爱地笼罩着老人的影子,

紫色的痛苦和一个伟大的种族的哀怨,
它如今随孤独的孙辈虔诚地逝去。

因为在石化的门槛旁忍者神采奕奕
从癫狂的黑色时刻醒来,
他周围凛然环绕着清凉的蓝光和秋天的余晖,

寂静的家园和森林的传说,
规范、律法和逝者洒满月光的小径。

梦魇与癫狂

傍晚父亲变成了白发老人;母亲的面孔曾经在昏暗的房间化为石头,蜕化的种族的诅咒沉沉压在男童的身上。有时他想起他的童年,充满病患、恐怖和黑暗,想起星星园里讳莫如深的游戏,或他在暮沉沉的院子里饲养老鼠。从蓝色的镜湖步出妹妹瘦削的身影,而他死一般坠入阴暗。夜里他的嘴破裂像一枚红色的果实,星星闪闪照临他无言的悲哀。他的梦魇充塞了祖先破旧的家。傍晚他喜欢穿过凋敝的墓园,或者他窥视幽幽停尸间的尸体,美丽的手上腐烂的绿斑。他在寺院门旁讨食一块面包;一匹黑马的影子从昏暗中跳出并让他大吃一惊。每当他躺在自己清凉的床上,就禁不住淌下难言的泪水。可是没有谁把手放上他的额头。秋天来临,一位慧眼者,他走进褐色的河谷草地。哦,狂喜的时辰,绿色河畔的傍晚,追猎。哦,灵魂悄悄吟唱泛黄的芦苇的歌谣;火热的虔诚。默默无言,他久久注视蟾蜍星星般的眼睛,用战栗的手掌触摸古老岩石的清凉，重温蓝泉那令人敬仰的传说。哦，银色的鱼儿与畸形的树上坠落的果实。他的跫音的和弦使他充满高傲和对人的蔑视。回家的路上他遇见一座无人居住的宫殿。没落的众神伫立在花园里，伤逝在傍晚。可是他觉得：我曾在这里度过被遗忘的岁月。一首管风琴伴奏的圣歌让他感到上帝的震撼。可他在昏暗的洞穴里度过他的白日，欺骗、逃避、隐藏自己，一匹燃烧的狼，面对母亲白色的面孔。哦，那一刻，他以僵硬的嘴在星星园死去，凶手的影子向他袭来。他以紫色的前额走进沼泽，上帝的愤怒抽打他那金属的双肩；哦，风暴中的桦树，昏暗的动物逃离自己癫狂的小径。憎恨焚毁他的心，淫欲，当他在绿茵茵的夏园强暴沉默的孩子，在孩子闪光的脸上认出自己癫狂的面孔。痛苦呀，窗前的傍晚，当一副阴森的骨骼，死亡踏出紫色的花朵。哦，塔楼和钟声；夜的阴影漠然降临到他的身上。

没有谁爱过他。谎言和淫乱曾在暮沉沉的房间焚毁他的头颅。妇人的长裙发出蓝色的窸窣声，他随之凝固成石柱，门框里停立着母亲朦胧的身影。恶魔的影子升向他的头颅。哦，黑夜和星星。傍晚他随那怪物沿山坡走去；冰凉的山顶映着玫瑰色的晚霞，他的心悄悄沉吟在暮霭里。狂卷的冷杉沉沉压向他们头顶,红色的猎人走出树林。黑夜降临,他的心晶莹破碎,黑暗撞击他的前额。在光秃秃的橡树下他用冰凉的手扼杀一只野猫。一位天使的白色身影在右边闪现并发出哀怨,怪物的影子在黑暗中膨胀。但当他举起一块石头向怪物砸去,怪物号叫逃窜,天使温柔的面孔随一声叹息消失在树影里。他久久躺在多石的田野上并惊奇地望着金色的星空。迫于蝙蝠的追逐,他继续坠入黑暗。他屏住呼吸走进凋敝的家园。一头野兽,他在院子里渴饮蓝色的井水,直到全身冰凉。他昏沉沉地坐在冰冷的楼梯上,对上帝发怒,几欲死去。哦,恐惧灰色的面孔,那一刻,他抬起圆圆的眼睛注视咽喉割裂的鸽子。掠过陌生的楼梯他遇见一个犹太女孩,抓向她黑色的长发并占有她的嘴。她怀着敌意随他穿过阴暗的巷道,尖厉的声音撕裂他的耳朵。一个看管圣器的男童,他随沉默的祭司悄悄走过秋天的墙垣;在干枯的树下他陶醉地呼吸那令人敬仰的衣衫的猩红。哦,一轮凋残的红日。甜蜜的痛楚耗竭他的肉体。在一间荒凉的穿廊他觉得自己血淋淋的形象沾满污秽。他更深地爱那些崇高的石头建筑;钟塔,带着地狱的假面隐隐耸入蓝色的星空;清凉的坟墓,里面珍藏着人的火红的心。惨哉,难以言喻的罪孽,它昭示那颗心。可当他沉思燃烧的心,沿着光秃秃的树走下秋天的河流,他眼前闪现出一个身披粗呢大衣的魔鬼,喷火的魔鬼,妹妹。醒来的时候星星陨灭于他们的头颅。

哦,被诅咒的种族。一旦那种命运完成于被玷污的房间,死亡就会以霉烂的步伐跨进家门。哦,但愿外面是春天,一只可爱的小鸟在花枝间歌唱。可是稀疏的绿叶正在夜族的窗前灰蒙蒙地枯萎,滴血的心仍在寻思恶。哦,沉思者暮沉沉的春天之路。愈加公正地令他欣喜:开花的灌木丛,农夫幼嫩的种子和歌唱的小鸟,上帝柔和的造物;晚钟和人们美丽的教区。但愿他忘却他的命运和苦难的毒钩。小溪自由泛绿,他的脚步在那里银闪闪游荡,一棵絮语的树在他癫狂的头顶沙沙作响。于是他用纤细的手拾起蛇,他的心已融入滚滚热泪。崇高是树林的沉默,泛绿的昏暗和沼泽地的小鸟,在黑夜降临的时候拍翅飞去。哦,战栗,当那只小鸟醒悟自己的罪孽,踏上荆棘的小径。因为他曾经在刺丛中发现孩子的白色身影,孩子流着鲜血,在新郎的翕动之后。而他葬身于孩子坚硬的长发,哑寂而痛苦地站在她身前,面对那身影。哦,神采奕奕的天使被紫色的夜风吹散。他彻夜住在晶莹的洞穴里,麻风在他的前额银闪闪膨胀。一个影子,他走下羊肠小道，头上是秋天的星星。雪花飘落，蓝色的幽暗笼罩着家。一个盲人，父亲严厉的声音铿然响起并招来恐惧。惨哉，女人躬曲的身影。果实和器皿腐烂在惊恐的种族凝固的手掌之中。一匹狼撕碎第一个孩子，姐妹们逃入昏暗的花园，逃向瘦骨嶙峋的白发老人。一个癫狂的先知，那人在坍塌的墙边歌吟，上帝之风吞噬了他的歌声。哦，死亡的快感。哦，阴暗的种族的后代。血统的恶之花此刻银闪闪地映在那孩子的太阳穴上，冷冷的月光映在他眦裂的眼睛里。哦，夜族；哦，被诅咒的一族。

沉睡的昏暗的毒汁中，梦见星星和母亲白色的面孔，岩石般的面孔。苦涩的死亡，负罪者的寒食；尘土的面目早已在种族的褐色枝间随狞笑化为齑粉。可那人曾经在接骨木的绿荫里轻轻歌唱，当他从噩梦中醒来；甜美的游伴，一位玫瑰色的天使来到他身旁，于是他，一头温顺的兽，向着夜睡去；他看见星星纯洁的面孔。夏天来临，金黄的向日葵垂过花园的篱笆。哦，蜜蜂的辛劳和胡桃树的绿叶；呼啸而去的暴风雨。罂粟花也银闪闪开放，在绿色的荚里结出我们朦胧的星梦。哦，当父亲隐入黑暗，家多么寂静。紫色的果实在树上成熟，园丁活动坚硬的手掌；哦，闪闪阳光下的粗呢标记。但死者的影子在傍晚默默加入同类哀悼的圈子，他的跫音晶莹地穿过树林前面的绿草地。那些沉默者汇聚在餐桌旁；垂死者用蜡样的手撕开面包，滴血的面包。惨哉，妹妹岩石般的眼睛，就餐的时候她的癫狂踏上了哥哥朦胧的前额，面包在母亲痛苦的手中化为石头。哦，腐烂者，那一刻他们用银色的舌头令地狱沉默。于是灯盏熄灭在清凉的房间，受苦的人们透过紫色的面罩默默相望。哗哗的大雨彻夜未停，田野顿时凉爽。荆棘的荒原上昏暗者追随庄稼地泛黄的小径，云雀的歌声和绿枝柔和的寂静，似乎找到安宁。哦，村庄和苔藓的石阶，燃烧的景象。可是此刻脚步象牙般晃过树林边沉睡的蛇，耳朵始终追随着山鹰的嘶鸣。他曾经在傍晚发现岩石的荒凉和为一个死者送葬，送入父亲昏暗的家。紫色的云荫蔽了他的头颅，以致他默默袭向他自己的血肉和肖像，一个朦胧的面孔；像石头一样沉入虚空，那一刻一个垂死的少年，妹妹出现在破碎的镜中；黑夜吞没了被诅咒的种族。

_《勃伦纳》 诗篇*

---

* 《勃伦纳》(Brenner) 是表现主义诗刊,原为奥地利与意大利之间一山口的名字。本辑最后一首《夜之魂》发表于其他刊物。——译注

在赫尔布鲁恩

再度追随傍晚蓝色的悲诉
在山冈,在春天的湖畔——
仿佛空中飘过早已死去者的影子,
教会的诸侯和贵妇的影子——
傍晚的山谷已盛开他们的花朵,
严肃的紫罗兰,蓝泉涌起
晶莹的波浪。死者被遗忘的小路上
橡树如此灵性地抽绿,
湖泊上空金色的云彩。

心

野性的心已在树林边变白;
哦,死亡阴森的
恐惧,于是那金辉
在灰色云层里死去。
十一月傍晚。
屠宰场光秃秃的门边
围着一群贫妇;
腐肉和内脏
掉进每一只篮子里;
恶心的食物!

傍晚蓝色的鸽子
不曾带来和解。
阴郁的号角
穿透了榆树
湿漉漉的黄叶,

一面破碎的旗帜
血气缭绕,
让一个男人
满怀伤悲地倾听。
哦!
钢铁的时代,
已经埋葬在晚霞里。

从昏暗的穿廊步出
那个女郎
金色的身影
被一些苍白的月亮
和秋天的农舍包围,
黑色的枞树喀嚓断裂于
夜的风暴之中,
陡峭的要塞。
心呀
闪闪消逝于雪的清洌。

长眠(第二稿)

诅咒你们,阴暗的罂粟,
白色的长眠!
暮沉沉的树林这一片
无比奇异的花园
到处是毒蛇、夜蛾,
蜘蛛、蝙蝠。
陌生人!你失落的影子
在晚霞里,
一艘阴沉的海盗船
在悲惨的苦海里。
夜的边缘
崩溃的钢铁都市的上空
有白鸟惊起。

傍 晚

以死去的英雄的身影
月亮你充塞
一片片沉默的树林
残月——
以恋人柔情的拥抱
充塞
盛世的暗影
周遭风化的山岩;
淡蓝的月光
照临都市,
那里寄居着腐朽的一族
冷漠而阴险,
为白色的孙辈
筹划莫测的未来。
吞噬了月亮的影子
在山湖空空的水晶里
呻吟。

黑 夜

我歌唱你,疯狂的毁灭,
夜的风暴里
高高堆积的群山;
灰蒙蒙的塔楼
充塞着地狱的鬼脸,
愤怒的野兽,
粗糙的蕨类、杉树,
结晶的花朵。
无穷无尽的苦难
或使你,温柔的亡灵,
猎获了上帝,
呻吟在跌落的波涛里,
在翻涌的赤松林里。

各民族的怒火
在周遭金光闪烁。

冰川的
蓝色浪潮，
灼热的旋风
卷过黑沉沉的礁石，
隆隆钟声
在山谷震荡：
烈焰、诅咒
和淫欲的阴暗游戏，
一颗石化的头颅
冲向夜空。

悲 情

你悲壮，心中昏暗的月亮，
由秋天的云，
金色傍晚的寂静
造就的形象；
一道日暮泛绿的山涧
在残余的赤松林
幽灵的地盘；
一个村庄
在褐色图像里虔诚地死去。

这时雾蒙蒙的草地上
黑色的战马腾跃。
你们士兵！
从垂死的太阳滚落的山冈
涌出酣笑的鲜血——
橡树林中

无声！哦，大军愤懑的
悲情；一个钢盔
已铿然掉下紫色的前额。

秋夜如此清冽地降临，
沉寂的修女
在男人残缺的尸体上空
与星辰同辉。

还乡（第二稿）

独眼巨人的岩石，
秋天金色的气息
空寂的群山守护着
痛苦与希望，
昏暗岁月的清凉；
傍晚的云——
纯净！

晶莹的童年
以蓝色的目光观望；
在昏暗的云杉下
爱情，希望，
露珠终于从火热的眼睑
滴入干枯的草丛——
不可抑止！

哦！那金色的小桥
断裂在
积雪的深渊！
朦胧的山谷
呼吸着蓝色的清凉，
信仰，希望！
欢迎你，寂寞的墓园！

献身黑夜（第五稿）

修女！请把我锁入你的幽暗中，
一座座山峰碧蓝而清冽！
幽暗的露珠，滴落的血；
十字架耸入闪烁的星空。

嘴和谎言呈紫色的破裂
在已朽坏的清凉小屋；
金色的游戏，笑语依旧，
最后的晚钟余音未绝。

月亮的彩云！野果在夜间
从一棵树上黯然坠落，
空间正变成一座坟墓，
尘世的生涯化为梦魇。

在东方

民众阴沉的愤怒，
树叶扫光的星星
和鏖战的紫浪
像冬天风暴的咆哮。

夜以残眉和银色的手臂
召唤着垂死的士兵。
死难者的幽灵呻吟在
秋天梣树的阴影里。

荆棘的荒地缠绕着都市。
月亮驱赶惊悸的女人
逃离流血的台阶。
野狼已破门而入。

控 诉

睡与死,阴郁的鹰
彻夜绕此头颅喧嚣:
永恒的冰浪
吞噬着人的金像。
紫色的躯体
在可怕的暗礁上粉碎,
有阴森的声音
在大海上控诉。
无限哀伤的妹妹
看呀,一艘惊惧的小船沉没
在星空下,
在黑夜沉默的面颊下。

格罗德克（第二稿）

秋天的树林在黄昏发出
嗜血的武器的轰响，
金色的平原，蔚蓝的湖泊，
阴沉沉的太阳从上面滚过；
夜色吞没了垂死的士兵，
撕裂的嘴的愤怒控诉。
可是草地上悄悄汇聚着一片
红云——一位发怒的神灵的居处，
和抛洒的鲜血，月光的冷凛；
所有的街道注入黑色的腐烂。
在夜和星辰的金枝之下
妹妹的影子晃过沉默的树林，
去迎接勇士的幽魂，血淋淋的头颅；
秋天阴郁的芦笛轻轻呜咽。
哦，愈加高傲的悲怆！你们钢铁的祭坛，
巨大的创痛如今滋养着精神的烈焰，
那尚未出世的孙辈。

夜之魂(第三稿)

从黑树林默默走下一头蓝色的兽
灵魂,那是在夜里,
雪白的泉水漫过苔藓的石阶。

山谷的赤松林依然回荡着往昔的热血
和兵器的喧嚣。
月光悄悄照临倾圮的房间,

沉醉于阴暗的毒汁,银色的假面
俯向牧人的沉睡;
头颅被自己的传说悄悄遗弃。

哦,那人随后张开缓慢的手掌
腐烂在紫色的睡梦中
冬天的花银闪闪开放

在树林边，幽暗的路闪烁通向
冷漠的都市；
夜枭时常惊醒黑色忧郁里的沉醉者。

遗作

夜的颂歌

一

从一阵风的幻影里诞生
我们漂泊形影孤单,
失落于那种永恒的命运,
像牺牲不知为谁而奉献。

像乞丐我们一无所有,
像傻瓜守在紧闭的门前。
像盲人我们只听到沉默,
我们的言语消失在里面。

我们是不知去向的过客,
是被狂风吹散的云彩,
花儿颤抖于死亡的凛冽,
等候那最后的时刻到来。

二

让最后的痛苦在我身上完成,
我不抗拒你们,黑暗的强敌。
你们沿大街奔向无边的寂静,
随后我们跨入最清冽的夜里。

你们的呼吸使我纯净地燃烧,
忍耐!星星熄灭了,梦儿已飘向
那个国度,它的名我们不知晓,
我们只能无望地走进他乡。

三

幽暗的夜,幽暗的心,
谁映照你们至圣的根基,
你们邪恶的深渊之底?
这面罩浸透了我们的悲情——

我们的悲痛,我们的情欲
空虚的面罩冷漠的笑声,

世上万物皆随之沉沦，
我们对此竟毫无意识。

陌生的敌人在我们面前，
他揶揄，既必死又何苦追求，
我们的歌声会愈加混浊，
在心中哭泣的永不彰显。

四

你就是那醉人的红酒，
随甜美的舞蹈我流尽鲜血，
我得用花朵装饰痛苦！
这大概是你最深的用意，哦，黑夜！

我是把竖琴在你怀中，
你幽暗的歌在我心里
正索取我最后的苦痛，
并使我永恒，脱离形体。

五

梦乡悠悠，哦，梦乡悠悠！

听不见虔诚的钟声敲响,
你是甜美的痛苦之母——
你的宁静寥廓如死亡。

请缝合人们的一切创伤
用你那怜悯清凉的手——
让伤口的血向内流淌——
你是甜美的痛苦之母!

六

哦,让我的沉默化为你的歌!
可怜人曾离弃生命的乐园,
对你有何益,他老是饶舌?
愿你是无名的在我心间——

这乐园不是梦建在我心上,
像一口沉钟悄无声息,
像我的苦痛的甜美新娘,
或迷人的罂粟伴我入睡。

七

我听见花儿在山谷死去,

泉水沉醉的哀怨

和钟声回荡的旋律,

夜,一个说不清的疑难;

一颗心——哦,致命的伤口,

在它的苦海的彼岸。

八

黑暗悄悄熄灭了我,

白天我成了死去的影子——

那时我离别欢乐的家,

走进黑夜里。

如今沉默住在我心里,

这颗心再没有荒凉的白天——

像刺丛的微笑向着你,

夜———永远,永远!

九

黑夜呀,你沉寂的门迎候着我的悲情,
你瞧那可怕的创伤流尽了鲜血,
苦难那醉人的金杯也已饮尽!
我已准备就绪,哦,黑夜!

黑夜呀,你是被遗忘的乐园环绕
我那贫穷之光——世人看不见,
枯萎了带刺的花环,枯萎了葡萄。
哦,快来吧,神圣的夜晚!

十

我的魔鬼曾经欢笑,
我是一丝光在闪亮的花园,
我载歌载舞与我的同伴,
爱情之酒使我乐陶陶。

我的魔鬼曾经恸哭。
我是一丝光在悲苦的花园,

我十分谦卑对我的同伴，
这谦卑照亮了贫穷的故居。

但如今我的魔鬼不再哭笑，
我是个幽灵在失落的花园，
对我那死一般幽暗的同伴
我只有空空午夜的沉默。

十 一

我可怜的微笑曾想拥有你，
我呜咽的歌声消失在黑暗里。
我的路已走到尽头。

请让我走进你的教堂，
像从前的傻瓜，单纯有信仰，
在你的面前默默祈求。

十 二

你是这深深的午夜里
死去的岸在沉默的海边，

永不醒来的死去的岸!
你在这深深的午夜里。

你是这深深的午夜里
天空和早已陨灭的星辰,
再没有上帝在此显身。
你在这深深的午夜里。

你在这深深的午夜里
未被纳入甜蜜的怀腹,
你从未存在,只是虚无!
你在这深深的午夜里。

赫尔布鲁恩的三个湖(第一稿)

第一个湖

苍蝇嗡嗡飞舞在花丛中
沉闷的原野上苍白的花丛,
去吧,去吧!空气在燃烧!
腐烂在湖底燃得通红!
柳树哭泣,沉默凝固,
湖面上升起浓浓的水雾。
去吧,去吧!这里是黑色
蟾蜍恶心的发情之处。

第二个湖

云彩、花朵如人的图像——
唱吧,唱吧,欢乐的世界!
微笑的无辜映出一个你——

它所喜爱的都变得圣洁：
它乐于使阴暗顿时明亮，
让远的靠近。哦，欢快的你！
太阳、云彩、花朵和人
在你这儿呼吸着上帝的安息。

第三个湖

湖水闪耀着浅浅的蓝光，
一棵棵柏树宁静地呼吸，
傍晚沉吟像水底的钟声——
这深渊在延伸漫无边际。
月亮升上蓝色的夜空，
映着波光娇艳如花——
司芬克斯谜一般的面孔，
我的心愿为此把鲜血抛洒。

血 罪

黑夜逼近我们亲吻的巢穴。
有人低语:谁赦免你们的罪孽?
依然震颤于邪恶而甜美的情欲,
我们祈求:饶恕我们吧,仁慈的圣母!

贪欢的芳香一阵阵从花坛袭来,
侵蚀我们的前额因罪孽而苍白。
煽情的风儿吹得人迷迷糊糊,
我们梦想:饶恕我们吧,仁慈的圣母!

可是那塞壬①之泉益发喧腾,
罪孽使司芬克斯更加阴沉,
心灵再次震鸣,此罪难赎,
我们叹息:饶恕我们吧,仁慈的圣母!

---

① 希腊神话中半人半鸟的海妖,以迷人歌声诱杀经过的海员。——译注

水 妖

是什么,是什么把我惊醒?
孩子,夜里落花飘零!

谁在哀声细语,仿佛在梦里?
孩子,春天正在离去。

看呀!她的脸像泪水一样苍白!
孩子,春花开尽红颜衰。

我的嘴在燃烧!我为何哭泣?
孩子,我用我的生命吻你!

是谁俯向我,要我跟他走?
孩子,我攥紧你的手。

我的梦多美好!现在去何方?

孩子，我们要去天堂。

多么美妙！谁在悄悄微笑？
这时她圣洁的目光闪耀——

这时熄灭了所有的灯盏，
沉沉黑夜笼罩家园。

一头苍白的兽沉眠在朽坏楼梯的阴影里……

一头苍白的兽沉眠在朽坏楼梯的阴影里——
夜里它起身以银色的形象
在十字回廊下漫游而去。

没有痛苦,这完美者呼吸
一棵树的清凉,
无需秋天的星星——

那人沉坠于刺丛。
恋人们久久
思念他悲哀的沉坠。

死者的寂静爱这古老的花园……

死者的寂静爱这古老的花园,
女疯子住过蓝色的房间,
无声的形象傍晚出现在窗口

但她一度放下褪色的窗帘——
流动的玻璃珠勾起我们童年的回忆,
夜里我们在树林发现黑色的月亮

一面镜子的蓝光里正响起柔和的小夜曲
垂死者的嘴的上方
她的微笑陪伴着久久的拥抱。

山岩以粉红的台阶沉入沼泽地……

山岩以粉红的台阶沉入沼泽地
黑色的笑声和滑行物的歌谣
进进出出的身影晃动在房间里
死亡在黑色小船上阴森地冷笑。

海峡深处的海盗灌醉了红酒
他的帆船常常被风暴掀翻。
紫色的淹死者撞上桥的石柱
金属般响亮哨兵们的呼唤。

但有时目光聆听着烛光
并追随危墙边上的身影
舞者有吞噬睡眠的手掌。

夜在你的头部黯然粉碎
死者在自己的冥床翻身
以破碎的手掌抓向大理石。

蓝色的夜在我们的前额缓缓升起……

蓝色的夜在我们的前额缓缓升起。
我们腐烂的手掌互相摩挲
甜美的新娘!

我们的脸曾变得苍白,月色的珍珠
早已融化在绿色的湖底。
化身为石头我们正遥望我们的星辰。

哦,痛苦的遭遇!负罪的幽灵在花园
漫步并疯狂地拥抱,
怒不可遏树和兽曾坠落他们头顶。

柔情的和谐,我们乘晶莹的波浪
穿过宁静的夜
一位蔷薇色的天使步出恋人的坟墓。

哦， 栖居在暮色花园的寂静里……

哦，栖居在暮色花园的寂静里，
那时妹妹的眼睛又圆又暗在哥哥的脸上睁开，
他俩破裂的嘴的紫色
融化在傍晚的清凉里。
心灵破碎的时刻。

九月金黄的梨熟了。香烟的甜美
和大丽花燃烧在褪色的篱笆旁
告诉我！那是什么地方，我们在傍晚
乘黑色小船漂过那里，

天上飞过一只鹤。冻僵的双臂
缠住黑色的东西，里面在流血。
湿润的蓝光环绕我们的太阳穴。可怜的孩子。
昏暗的一族正从知悉的目光里沉思。

傍 晚

蓝蓝的小溪、山道和傍晚绕过破败的茅屋。
昏暗的树丛后面孩子们玩蓝色红色的玻璃珠;
有的交换额头,手掌腐烂在棕色树叶里。

骨质的寂静里闪耀着孤独者的心,
一条小船漂摇在阴沉的水面。
棕色女孩的长发和笑声飘过昏暗的树林。

老人的影子与小鸟的飞行交叉而过;
蓝花的秘密在他们的太阳穴上。
别的影子摇晃在黑色长椅上,在晚风里。

金色的呻吟悄悄熄灭在栗树的枯枝间;
夏日昏暗的乐器的敲击声,
当陌生女郎出现在朽坏的楼道。

风,白色的声音在沉醉者的太阳穴絮语……

风,白色的声音在沉醉者的太阳穴絮语;
腐烂的小径。悠悠的晚钟已沉入池塘的淤泥,
秋天的黄花垂向水面,以迷惘的面目
蝙蝠闪烁。

故乡!日暮蔷薇色的群山!安息!纯真!
鸢的嘶鸣!寂寞的天空渐渐昏暗,
白色的头颅凛然沉失在树林边。
夜从幽暗的峡谷升起。

向日葵的幼苗簇拥着渐渐醒来的沉睡者。

如此轻悄

如此轻悄
蓝色影子沉吟在傍晚
白色的墙边。
秋天的年静静垂下。

无限忧郁的时辰,
我仿佛经受着环绕你的死亡。
从星星刮来
雪白的风穿过你的长发。

你紫色的嘴
在我心中吟唱昏暗的歌,
我们童年沉默的草房,
被遗忘的传说;

一头温和的兽

我仿佛栖居在清冽山泉

那晶莹的浪花里，

紫罗兰花丛簇拥。

春天的露珠从昏暗的树枝……

春天的露珠从昏暗的树枝
滴落,伴着星星的闪耀
夜正在来临,这时你已忘记了光。

你曾经躺在带刺的穹窿下,毒钩
深深扎入晶莹的肉身
于是灵魂更狂热地与夜结合。

新娘用星星装饰自己,
纯洁的桃金娘
俯向死者祈求的面孔。

一阵绽放的战栗
女主的蓝袍终于裹住了你。

致诺瓦利斯(第二稿)

在幽暗的大地下安息着神圣的异乡人。
上帝不再让这张温柔的嘴发出哀怨,
当他从花枝沉坠。
一枝蓝花
他的歌永生在夜的痛苦的家园。

忧伤的时辰

秋天的花园,脚步黯淡地追随
闪光的月亮,
强大的夜降临在冰冻的墙垣。
哦,艰难的忧伤的时辰。

暮沉沉的房间里,孤独者的灯烛银光闪烁,
渐渐死去,当他思念昏暗的兽,
当僵硬的头颅垂向逝性的兽,

沉醉于葡萄酒和夜的谐音。
彻夜聆听
乌鸫鸟在榛子树林缓缓哀鸣。

昏暗的玫瑰花环的时辰。你是谁
孤独的芦笛,
冰冻的前额垂向幽暗的往昔。

夜的哀怨(第一稿)

纷乱的前额上空夜已随美丽的星星
升上山冈,
你曾躺在那里因痛苦而石化,

一只野兽在花园吞噬了你的心。
一位愤怒的天使
你如今以破裂的胸膛躺在多石的田野上,

或者一只夜鸟在树林里
一再发出
无尽的哀怨在带刺的夜枝里。

傍晚（第二稿）

依然是黄色的草，灰色和黑色的树林；
但一片绿色在傍晚破晓。
小河来自山间寒冷而清澈，
沉吟在岩石深处；不妨说它沉吟，
当你陶醉地移动双腿；蓝光中
沉迷的漫步；小鸟欣喜的啼唤。
鸟鸣已很昏暗，更深地
前额垂向淡蓝的河水，女性；
再度没落于绿色的夜枝。
跫音和忧郁在紫色阳光里和谐地响起。

诗 篇

寂静；仿佛盲人扑倒在秋天的墙垣，
以腐烂的太阳穴听乌鸦飞行；
秋天金色的寂静，闪烁的夕阳里父亲的面孔
古老的村庄傍晚衰落在褐色橡树的宁静里，
铁匠铺的红锤声，一颗跳动的心。
寂静；随风摇曳的向日葵下少女将风信子般的
前额藏入缓慢的手掌。眦裂的眼睛的
恐惧和沉默充塞朦胧的房间，老妪迟疑的脚步，
紫色的嘴的诅咒，那张嘴在昏暗中渐渐熄灭。

葡萄酒中沉默的傍晚。从低矮的柱顶盘
曾掉下一只夜蛾，仙女已埋入淡蓝的睡梦。
奴仆在庭院屠宰一只羊，甜蜜的血腥味
笼罩我们的前额，井水昏暗的清冽。
垂死女菀的忧郁，金色的声音在风中追悼。
当黑夜降临，你以腐蚀的眼睛望着我，

你的面颊早已在蓝色的寂静里化为尘土。
野火悄悄熄灭,黑色的山村顿时沉寂
仿佛十字架爬下蓝色的各各他,
沉默的大地抛出自己的死者。

秋天的还乡（第三稿）

这棕色的柱顶盘
大丽花蔓垂的地方，
守护着回忆，被埋葬的希望，
愈加寂静的还乡，
凋敝的花园守护着童年
昏暗的返照，
止不住的泪水终于涌出
蓝色的眼睑；
晶莹的忧郁时刻
向着夜，向着夜
闪闪逝去。

残韵（第二稿）

哦，灵魂重逢在
古老的秋天。
篱边的黄玫瑰
渐渐飘零，
无穷的悲痛
已化为阴郁的泪水，
哦，妹妹！
金色的白天默默终止。

暮 年

篱边的野玫瑰
更灵性地闪耀;
哦,寂静的灵魂!

晶莹的阳光洒在
清凉的葡萄园;
哦,圣洁的纯真!

老人高贵的手
奉上成熟的果实。
哦,爱的目光!

向日葵

金色的向日葵
倾心垂向死亡,
无比谦卑的姐妹,
在这般寂静中
结束了埃利昂
清冽如山的年。

他那沉醉的前额
此刻因亲吻而苍白
沉默的黑暗
笼罩着金色
忧郁之花,决定了
精神的命运。

散文选

启示与没落

人的朦胧小径奇异莫测。那时，我沿着石屋夜游而去，每个房间都燃着一盏沉静的小灯，一只黄铜的烛台，当我僵冷地躺上床铺，陌生女郎的黑影又侍立于头颅，我把我的脸默默藏入缓慢的手掌。窗前风信子照旧蓝蓝绽放，从前的祷告爬上呼吸者紫色的嘴唇，而晶莹的泪珠从眼睑滴落，为悲苦的世界痛哭。这一刻，我随父亲之死做了白色的儿子。母亲阴森的控诉，夜风挟蓝色的威势从山冈刮来，再度死去，我窥见我心中黑色的地狱；一瞬间熹微的寂静。石灰墙里悄悄晃出一张难言的面孔——一个垂死的少年——还乡族的美人。白色的月光里，岩石的清冽笼罩着清醒的太阳穴，影子的跫音渐渐消失在倾圮的阶梯上，玫瑰色的轮舞偃息在花园里。

我曾默默坐在荒凉的小酒店里，在烟雾熏黑的木头柱顶盘下独自饮酒；一具发光的尸体俯向一头昏暗的兽，一只死去的羔羊躺在我脚下。妹妹苍白的形象步出渐渐朽坏的蓝光，她的嘴在流血、在诉说：黑刺之伤。啊，我银色的胳臂依然轰鸣如雷暴。且让鲜血流出月色的双脚，绽放在朦胧的小径上，尖叫的老鼠横穿而过。星星闪烁在我隆起的眉间；心沉吟在夜里。一个红色的影子一度携燃烧的剑破门而入，以雪白的前额逃遁。哦，痛苦的死亡。

有阴森的声音从我发出：我曾在晦暗的树林里拧断我的黑马的脖子，正当它紫色的眼睛闪出癫狂；榆树的阴影，流泉的蓝色笑声和夜的黑色清凉统统沉落到我身上，正当一个狂暴的猎人，我追猎一头雪白的野兽；我的面孔消逝在冷漠的地狱里。

一滴血闪闪坠入孤独者的葡萄酒中；我饮了一口，它比罂粟更苦；黑沉沉的云团盘绕我的头，该死的天使的晶莹泪水；鲜血悄悄流出妹妹银色的创伤，一阵暴雨落到我身上。

此刻我想沿树林走去，一头沉默的兽，粗呢的太阳早已从它无言的手掌沉落；一个陌生人站在傍晚的山冈，一边哭一边遥望冷漠的都市；一头野兽沉浸在古老接骨木的宁静之中；哦，暮沉沉的头颅无休止地聆听，或蓝云踌躇的脚步也在山冈追随肃穆的星辰。

绿色的种子在旁边默默伴送，在覆满青苔的林中小径上羞怯地陪伴小鹿。村民的茅棚哑然紧闭，一片黑色的沉寂，野溪的蓝色哀怨惊心动魄。

可是我曾经走下悬崖小径，那时癫狂向我袭来，我在夜里高声号叫；我伸出银色的手指，俯向沉默的湖水，那时我窥见我的面孔弃我而去。有白色的声音对我说：你去死吧！一声叹息，一个男童的身影浮现在我心中，放射出光芒，他用晶莹的眼睛凝视着我，令我失声痛哭并扑倒在树下，扑倒在磅礴的星穹之下。

心绪不宁，浪游穿过荒岩，远离傍晚的村庄和回家的牧群；遥远的落日正在亮晶晶的草原上觅食青草，它那粗犷的歌声，飞鸟孤独的嘶鸣令人震撼，渐渐消失于蓝色的沉眠。我曾在夜里清醒地躺在山冈，或者狂奔于春天的雷雨之中，此刻你却在夜里悄悄来临；忧郁更加阴沉地笼罩逝去的头颅，可怕的闪电震慑迷蒙的灵魂，你的手掌撕裂我冰凉的胸膛。

我曾经走进暮沉沉的花园，恶魔的黑影顿时隐去，黑夜风信子般的寂静笼罩着我；我随弯弯的小船漂过沉睡的湖泊，甜美的宁静触及我岩石般的前额。

我默默躺在衰老的柳树下,高高的蓝天缀满星星;那一刻我凝望并死去,心中的恐惧和最深的痛苦也随之死去;男童的蓝色影子,柔和的歌声在昏暗中闪闪升起;妹妹白色的面孔随朦胧的羽翼缓缓上升,越过绿色的树梢、晶莹的峭壁。

我曾以银色的脚踵走下多刺的阶梯,走进粉刷一新的房间。一盏灯悄悄燃烧,我把我的头默默藏进紫色的百合花里;大地抛出一具童子的尸体,一个朦胧的形象缓缓踱出我的阴影,以残缺的胳臂坠入山崩,一片飞雪。

梦 境

一段插曲

有时我又情不自禁地怀念那些寂静的日子，觉得它们像一段神奇的幸福生活，我可以毫无顾忌地享受，就像享受友好而陌生的双手奉送的一件礼物。于是那座山谷里的小城又复活在我的记忆之中：城里宽阔的大街，一条长长的茂密的菩提树林荫道沿大街伸向远方；曲折的小巷，充满了商贩和匠人家居劳作的生活情调；还有广场中心的古老喷泉，在阳光下潺潺涌动，如梦如幻，每当夜幕降临，情侣的絮语溶入淙淙的水声。可是小城仿佛沉浸在往昔的梦中。

轮廓柔和的山丘使这个山谷与世隔绝，山坡上庄严肃穆的杉树林绵延不断。圆圆的山头轻轻贴着辽远的晴空，天地相连，让人感觉宇宙是故乡的一隅。我顿时想起一些人物的形象，眼前又浮现出他们过去的生活，及其所有小小的痛苦和欢乐，那时候他们可以大胆倾诉生活的酸甜苦辣。

我在这个偏僻的地方度过了八个星期；在我看来，这八个星期就像是我生命的一个自成一体的部分——一个自身俱足的生命，充满难以言喻的青春的幸福，充满对遥远而美好的事物的强烈渴望。我那颗童子的灵魂在此第一次烙上了一种伟大经历的印痕。

我又看见自己还是学童，在那座小房子里，前面有个小花园，房子偏离市区，掩映在树林和灌木丛中。我当时住在一个小小的阁楼间里，墙上挂着几幅古雅褪色的图画，我在这里的寂静中像做梦一样度过了许多傍晚，寂静亲切地接受并保留了我那些虚幻痴迷的童子梦，后来还常常把梦儿捎给我——在寂寥的黄昏时分。我也常在傍晚下去看望苍老的大伯，他几乎整天待在患病的女儿玛丽亚身边。然后我们三人坐在一起，久久沉默。柔和的晚风吹进窗门，把许多混杂的声音传到我们耳边，让人产生模糊的幻影。空气中弥漫着浓郁迷人的芳香，那是玫瑰在篱边盛开。夜色慢慢潜入室内，于是我站起来，道一声"晚安"，回到上面自己的房间，在窗前守候一个小时，随梦沉入黑夜。

当初，我在患病的小妹身旁感觉到某种可怕的压抑，这种压抑后来变成一种神圣的充满敬畏的羞怯，令我羞怯的正是她那无声的异常感人的痛苦。我每次看见她,心中就升起一种神秘的感觉,她必定死去。于是我怕见她的面。

当我整天在林子里转悠,在孤独和寂静中感到快乐,当我疲乏地躺在沼泽地里,久久凝视一望无尽、光明闪亮的天空,当我此刻陶醉于一种深深的幸福感,我就会突然想起病中的玛丽亚,于是我站起来,在无法解释的念头的驱使下,漫无目标地东奔西撞,脑子里和心里憋得难受,我真想大哭一场。有时我傍晚走过积满尘土的大街,菩提树飘来花香,树影里一对对絮语的情侣;有时我看见水声轻悄的喷泉旁边,两个人在月光下缓缓而去,他俩相依相偎,仿佛已融为一体,我一阵战栗,这灼热的战栗充满预感,那时我就会想起病中的玛丽亚;我顿时感到一种隐隐的渴望,究竟渴望什么却难以解释,突然我看见自己跟她手挽着手,在飘香的菩提树的阴影里柔情绵绵地沿大街漫步而去。玛丽亚的眼睛又大又黑,闪射出奇异的火花,月光使她那张瘦削的脸显得更苍白、更透明。随后我逃进我的阁楼,倚窗仰望深暗的夜空,天上的星星仿佛渐渐熄灭,我久久沉浸在纷乱迷惘的梦里,直到困倦使我入睡。

可是,可是我跟患病的玛丽亚没有说上十句话。她从不吭声。我不过在她身旁坐了几个小时,凝视她那张病恹恹的痛苦的脸，总是感觉她必定死去。

我在花园的草丛里躺过，吮吸百花的芬芳；我的眼睛陶醉于花朵明媚的色彩，朵朵鲜花沐浴着阳光，我聆听微风轻拂的寂静，只是偶尔中断于一只小鸟寻偶的啼唤。我听见肥沃湿漉的大地发酵的声音，这生生不息的生命的喧嚣充满神秘。那一刻我隐约感到生命之伟大和生命之美。那一刻我也觉得生命属于我。但这时我的目光落到房子的凸窗上，我看见患病的玛丽亚坐在那里——沉寂，没有动静，两眼紧闭。我的知觉又完全被这一个生灵的痛苦所吸引，停驻在那里——化为一种悲痛的羞于启齿的渴望，这渴望像一个谜令我迷惘。我怀着羞怯悄悄离开花园，仿佛我无权羁留于这座圣殿。

我常常路过篱笆墙，每次我都恍恍惚惚地摘下一朵大大的、红艳艳的、香味浓郁的玫瑰。一看见砾石路上晃过玛丽亚颤抖、柔和的身影，我就想悄悄从窗前溜过去。我俩的影子叠合恍若拥抱。此时好像有一个仓促的念头驱使我走向窗门，把刚刚摘下的玫瑰放进玛丽亚的怀里，我随即偷偷离去，似乎害怕被人拿获。

我觉得这个小小的事件意味深长，它多么频繁地重复！我不知道。我觉得，我仿佛在患病的玛丽亚怀里放过上千朵玫瑰，我俩的影子仿佛拥抱过无数次。玛丽亚从未提到这段插曲；但她明亮的大眼睛闪闪发光，让我感觉到这使她幸福。

这些时光，我俩坐在一块，默默共享一种巨大、宁静、深沉的幸福，也许太美好了，叫我不敢奢望更美好的时光。我的老大伯从不出声干涉我们，可是有一天，我同他坐在花园里，周围百花争艳，黄色的大蝴蝶流连于花丛之中，他用一种低沉而忧虑的声音对我说："孩子，你的灵魂要受苦。"他把手放到我的头上，好像还想说点什么。但他沉默。大概他也不知道，他这番话在我心中勾起了什么，从那以后我心中醒悟了什么。

有一天，我又走到玛丽亚常坐的窗前，这时我看见她的脸在死亡中变得苍白而僵硬。阳光滑过她清朗柔和的形象；她松散的金发随风飘散，我有一种感觉，仿佛不是病患把她攫走的，仿佛她的死没有明显的原因——一个谜。我把最后一朵玫瑰放在她手上，她把它带进了坟墓。

玛丽亚一死去，我就动身来到都市。可是那些寂静的充满阳光的日子，我对它们的回忆仍然留在心中，栩栩如生，恐怕比喧嚣的现实更加真切。我再也不会见到那座山谷中的小城——是的，我害怕重返小城。我想我不能回去，尽管有时我也感到一种强烈的渴望——对过去的那些青春常在的事体。因为我知道，去追寻早已消失得无踪无影的往事，只会枉费心机；在那里我大概再也找不到仅仅还活在我记忆中的东西——不像今天，这样做对我恐怕只是一种无益的痛苦。

取自金圣餐杯

巴拉巴斯

一段随想

此事发生在同一时刻,那时他们把人子带往各各他,那里是他们处死强盗和罪犯的地方。

此事发生在同一崇高而狂热的时刻,那时他完成了他的事业。

在同一时刻,一大群民众喧嚣穿过耶路撒冷的大街,人群中大步走着巴拉巴斯——刽子手,他高高昂起他的头。他周围是华丽的妓女,涂着口红,浓妆艳抹,她们争相邀宠。他身边围着男人,因狂饮和罪孽而醉眼迷离。在众人的言谈中潜伏着他们的肉体之罪,猥亵的举止泄露了他们的心思。

许多人碰上这迷狂的人流,就加入进去,大声高呼:"巴拉巴斯万岁!"于是众人齐喊:"万岁,巴拉巴斯!"也有人喊:"和撒那!"①众人却揍他,因为就

---

① 对进入耶路撒冷的耶稣表示欢迎的呼喊声。——译注

在几天之前他们向一个人喊过"和撒那",当时那人以国王的身份进驻耶路撒冷,他们把新鲜的棕榈树枝铺到他进城的路上。今天他们却铺上红玫瑰,并且欢呼:"巴拉巴斯!"

当众人路过一座宫殿的时候,听见宫里管弦齐鸣,还有盛大宴会的欢声笑语。一个穿着节日盛装的年轻人从里面走出来,他头上的发油又亮又香,身上散发出最珍贵的阿拉伯香料的气味。他眼里闪耀着盛宴的喜悦,嘴上的微笑因情妇频频亲吻而显得淫荡。

青年认出巴拉巴斯,迎上前去对他说:"到我家里来,哦,巴拉巴斯,我要请你躺上最松软的床垫;进来呀,巴拉巴斯,我的侍女要用最珍贵的甘松茅油膏替你擦身。一个少女要在你膝下用琉特弹奏她最甜美的曲子,我要用最珍贵的杯盏为你献上最烈性的葡萄酒,并且在酒里投进最璀璨的珍珠。哦,巴拉巴斯,今天做我的客人吧,在这个日子我的情妇供我的客人享用,她比春天的朝霞更美丽。进来吧,巴拉巴斯,请戴上玫瑰花环,欢庆这个日子吧,这可是那个人死去的日子,他们已经给他戴上了荆冠。"

年轻人一讲完这番话,民众就向他欢呼,巴拉巴斯登上大理石台阶,俨然像一个胜利者。年轻人摘下自己头上的玫瑰花环,把它戴到刽子手巴拉巴斯的头上。

然后他陪他走进宫殿,此时街上的民众一片欢腾。

巴拉巴斯躺在松软的床垫上;侍女们用最珍贵的甘松茅油膏替他擦身,他的膝下响起一个少女轻柔的琴声,年轻人的情妇坐在他怀里,比春天的朝霞更美丽。一片欢笑,客人们陶醉于从未有过的欢乐之中,他们全都是那一个的死敌并蔑视他,一帮法利赛人和祭司的奴仆。

在一个时刻年轻人喝令肃静,喧嚣顿时沉寂。

此时,年轻人把最甜美的葡萄酒盛满他的金杯,杯中的酒渐渐殷红如血。他投入一粒珍珠,把杯子递给巴拉巴斯,自己则端起一只水晶杯,向巴拉巴斯举杯祝酒:

"拿撒勒人死了!巴拉巴斯万岁!"

大厅里的人齐声欢呼:

"拿撒勒人死了!巴拉巴斯万岁!"

街上的民众也高呼:

"拿撒勒人死了!巴拉巴斯万岁!"

可是突然阳光熄灭,大地根基震荡,巨大的恐怖传遍世界。万物战栗不已。

在同一时刻赎救的事业完成了!

取自金圣餐杯

玛利亚·马格达莱娜

一段对话

耶路撒冷城门前。傍晚。

阿加东：是回城的时候了。太阳落下去了，暮色已经盖住城市。四处静悄悄的。——可你为什么不吭声，马塞勒斯；你怎么心不在焉，老是盯住远方？

马塞勒斯：我在想，在这片陆地的远方，浪潮冲击海岸；我在想，在大海彼岸，像神一样永恒的罗马城矗立苍穹，每天都有欢庆的节日。我却在这片陌生的土地上。我想到了这一切。可是我忘了，大概是你回城的时候了。天已黄昏。黄昏时分有个姑娘守候在阿加东的城门前。别让她久等，阿加东，别让你的情人久等。我告诉你，这片国土上女人很不寻常；我知道她们像谜一样。别让你的情人久等；因为谁也料不到会出什么事。顷刻之间可能发生可怕的事。千万别错过这一刻。

阿加东：你干吗对我讲这些？

马塞勒斯：我是说，要是她漂亮，你的情人，你不该让她久等。告诉你，一个漂亮的女人永远也说不清楚。女人的美是一个谜，谁也猜不透。谁也不知道，漂亮女人是怎么一回事，她会被迫做什么。就是这样，阿加东！你呀——我过去认识一个女人。我认识一个，看见事情发生，可是我永远弄不懂。

也许没有人能弄懂。我们永远看不清事情的缘由。

阿加东：你看见了什么事情？请你给我讲一讲！

马塞勒斯：那我们走吧。也许就是现在，我可以把它讲出来，不会被我自己的话、自己的念头吓得发抖。（他们慢慢走在回耶路撒冷的路上。周围静悄悄的。）

马塞勒斯：事情发生在一个炎热的夏夜，空气热烘烘的，月亮弄得人昏昏沉沉。这时我看见了她，在一个小酒店里。她正在跳舞，在一块珍贵的地毯上赤脚跳舞。我从未见过一个女人跳得这样美，跳得这样入迷；她身体的节奏让我窥见非常神秘的幻影，这时一股热流在我身上奔涌，我全身颤抖。我觉得，仿佛这个女人正在舞蹈中跟一些看不见的、珍奇的、隐秘的东西游乐，仿佛她在拥抱没人发现的神一般的生灵,仿佛她在亲吻那渴求并俯向她的红唇;她的舞姿是极乐的舞姿;好像她已经淹没在爱抚之中。她好像看见了我们看不见的东西,在舞蹈中跟它们游乐,在自己身体的极度迷狂中享受它们。她突然仰起头,目光祈求地望着上面,这一刻,也许她的嘴正贴近甜美奇异的果实,正啜饮燃烧的美酒。不!这对我不可思议,可这一切活灵活现——就在眼前。然后她一无遮蔽地伏倒在我们脚下,只有她的长发如水帘倾挂。仿佛夜色在她的长发里织成一幅黑色的帷幕,令我们心醉神迷。而她献上自己,献上自己美妙的身躯,献给每一个想得到它的人。我看见她抚爱乞丐和士兵,看见她抚爱侯爵和国王。她是最妖艳的妓女。她的躯体是一个珍贵的容器,盛满欢乐,世界上找不到比它更美的。她的生命只属于欢乐。我看见她在华宴上舞蹈,身上撒满玫瑰。而她伫立在光彩夺目的玫瑰花中,像一朵刚刚破蕾的鲜花,绝世之美。我看见她把花环挂到狄俄尼索斯的塑像上,看见她拥抱冰凉的大理石,就像拥抱自己的情人,迷醉的狂吻使她喘不过气来。——这时一个男人从旁边走过,没有言语,没有表情,披一件粗呢长袍,脚上沾满尘土。他从旁边走过并望着她——他走过去了。而她注视着他的背影,她的舞姿凝住了——她在走,在走,跟随那个奇异的先知，也许他用目光召唤了她，她听从他的召唤并跪倒在他脚下。在他面前卑躬屈膝——仰望着他像仰望一个神；像他身边的男人一样服侍他。

阿加东：你还没讲完。我觉得你还有什么要讲。

马塞勒斯：不！我就知道这些。但是有一天，我听说他们要把那个奇特的先知钉上十字架，是从我们的总督皮拉图斯那里听到的。于是我想去一趟各各他，想看看那人，想看他怎样死去。大概我觉得有一桩玄秘的事情已经露出端倪。我想瞧一瞧他的眼睛：他的眼睛兴许会对我言语。我相信它们曾经言语过。

阿加东：可你没去！

马塞勒斯：我已经上了路，可是又折回来了。因为我感觉我会在那里碰上那个女人，当我察觉他的生命飘散的时候，我会跪倒在十字架前，向他祈祷。在迷狂之中。于是我又回来了。我心里一直阴森森的。

阿加东：可那个异人呢？——算了，我们不谈这个！

马塞勒斯：让我们对此保持沉默吧，阿加东！我们只能这样。——你瞧，阿加东，云层在暗暗燃烧，奇异的景象。也许可以推断，云层后面有一个熊熊燃烧的火海。神灵的烈火！天空像一口蓝色的钟。仿佛可以听见钟声鸣响，又深沉又庄严。甚至可以猜测，在那上面不可企及的高处正发生着什么事情,对此人们永远不会知道。但有时人们可以隐隐感到,就在无边的寂静降临大地的时候。可是又怎样!这一切让人迷惘。神灵喜欢让我们人类猜一些猜不透的谜。大地却无法让我们识破神灵的诡计;因为它也被许多东西迷住了心窍。物也罢,人也罢,都叫我迷惘。真的!万物默默无言!而人的灵魂不愿泄露自己的谜底。人一追问,它就沉默。

阿加东:我们要生活,不要追问。生命有许多美好的东西。

马塞勒斯:许多事我们永远不会知道。是的!所以值得期望的,大概是忘掉我们所知道的。别再谈这些!我们快到了。你瞧,街道多么荒凉,一个人影也看不见。(起风了。)就是这个声音告诉我们,我们应当仰望星空,应当沉默。

阿加东:马塞勒斯,瞧,地里的庄稼长得多高了。禾秆垂向大地——沉甸甸的果实。喜庆的丰收日子就要到了。

马塞勒斯:对!节日!节日,我的阿加东!

阿加东:我要同拉埃尔一道走过田野,走过果实累累的丰收大地!啊,多么美妙的生活!

马塞勒斯:说得对!享受青春的欢乐吧。青春本身就是美！我倒是该在黑暗中游荡。我们在这里分路了。你有等候的情人，我呢——黑夜的沉默！再会，阿加东！这是一个无比美妙的夜晚，可以在外面久留。

阿加东：还可以仰望星空——仰望那无边的沉静。我要高高兴兴地走自己的路，我要歌唱美。这是敬重自己，也敬重神灵。

马塞勒斯：照你说的去做吧，你做得对！再会，阿加东！

阿加东（沉思地）：我还想问你一件事。你可别这样想，我在向你追问那个话题。那个奇异的先知究竟是谁？告诉我！

马塞勒斯：这对你毫无用处！我忘记了他的名字。哦，不！我想起来了。我想起来了。他叫耶稣，是拿撒勒人！

阿加东：谢谢你！再会！神灵会保佑你，马塞勒斯！（他走了。）

马塞勒斯（陷入沉思）：耶稣！——耶稣！拿撒勒人。（他沉思着缓缓地走上他的路。夜已降临，天空繁星闪烁。）

孤 独

一

再也没有什么打破孤独之沉默。云朵缓缓飘过幽暗、古老的树梢,映在绿如蓝的湖水里,湖像深渊。仿佛沉浸于悲哀的委身,湖面风平浪静,沉睡着——朝朝暮暮。

沉寂的湖心,城堡破败的塔楼和尖顶高耸入云。荒草蔓过裂缝的黑墙,阳光从失明的圆窗反射回来。鸽子盘旋于阴郁昏暗的庭院,寻找墙缝里的栖身处。

鸽群好像老是害怕什么,它们惶惶不安地飞行,疾速掠过窗前。下面院子里喷泉汩汩,轻悄悦耳。偶尔有干渴的鸽子落到青铜承水盘上。

有时候,一阵沉闷的热风刮过狭窄、积尘的穿廊,蝙蝠拍翅惊飞。此外没有谁来打搅这深深的寂静。

可是房间已积满灰尘,黑乎乎的!高高的天花板,光秃秃的墙壁,冷冷清清,只塞满死沉沉的物件。偶尔失明的窗门透进一道微弱的光亮,随即被黑暗吞没。这里的往昔已经死去。

往昔已经在某一天凝固在一朵唯一的畸形玫瑰里。时光漫不经心地流过这玫瑰的虚空。

孤独之沉默笼罩一切。

二

再也没有谁能够侵入公园。树枝缠着树枝,盘绕得严严实实,整个公园不啻是一个唯一的庞大的生命体。

永恒的夜积压在巨大的叶棚之下。深深的沉默!空中瘴气弥漫。

但有时公园从沉重的梦中醒来。于是涌出不绝如缕的回忆;清凉的星夜;深藏的隐秘处,它曾在那里窃听狂热的亲吻和拥抱;壮丽辉煌的夏夜,月光在黑色的土地上变幻出迷乱的景象;妩媚风流的情侣,叶棚下款款漫步,互相倾诉甜蜜而疯狂的情语,露出纯真的允诺的微笑。

随后公园再度沉入死睡。

水波摇动山毛榉和杉树的影子,湖底传来低沉忧伤的话语。

天鹅穿过闪亮的浪潮,缓缓地、凝重地、僵硬地挺直修长的脖颈。它们远去了!环绕死沉沉的城堡!朝朝暮暮!

苍白的百合花静立在湖边刺目的草丛中。水中的倒影比花儿更苍白。

一些花死去,另一些又浮出水面。花儿像女人僵死的小手。

好奇的大鱼睁着呆呆的玻璃眼,围着苍白的花儿转来转去,随后又潜入水底——悄无声息!

孤独之沉默笼罩一切。

三

在那边塔楼上,伯爵独自坐在一个宽大的房间里。朝朝暮暮。

他目送云朵飘过树梢,晶莹闪亮。他喜欢望云,当夕阳西下映红云朵的时候。他聆听高空传来的声音:一只飞过塔楼的小鸟的啼唤,或大风的呼啸,当他打扫城堡的时候。

他望着公园睡去,郁闷而沉重,望着天鹅穿过闪烁的浪潮——浪潮环涌城堡。朝朝暮暮!

湖水闪耀着绿如蓝的波光。可水里映着飘过城堡的云朵；云影随浪潮一耀一闪，像云朵一样绚丽、纯净。水中的百合花向他招手，就像女人僵死的小手，花儿随沉吟的风声摇曳不定，沉浸在忧郁的梦中。

可怜的伯爵注视着身边渐渐死去的一切，像一个迷惘的孩子，厄运当头，他再也没有力量活下去，他正在消逝，像一个晌午的影子。

他只是聆听自己灵魂的忧伤小调：往昔！

傍晚的时候，他点燃他那盏覆满烟炱的老油灯，读泛黄的壮烈书卷，读往昔的辉煌伟大。

他读呀读——用一颗炽热的吟咏的心，一直到他无缘相属的现实归于沉灭。往昔的影子升起来了——巨大无比。他在生活，这极其美妙的生活属于他的先辈。

多少个夜里，风暴狂卷塔楼，墙垣的基石隆隆震响，鸟群在他的窗前尖声惊叫，这时有一种无名的悲哀涌上伯爵心头。

厄运沉沉压在他那百年衰老、疲惫的灵魂上。

他把他的脸紧紧贴住窗门，凝视黑夜。此时他觉得一切皆如大梦，阴森诡异！令人惊骇。他听见风暴狂啸，席卷城堡，仿佛意欲荡涤一切死去的，把它们抛散在空中。

可是，当黑夜纷乱的假象消沉隐去，一如魔法招来的幻影——孤独之沉默再度笼罩一切。

译后记

格奥尔格·特拉克尔（Georg Trakl，1887—1914），奥地利表现主义诗人，出生在一个富裕商人家庭。十八岁因考试不及格从中学退学，随即去一家药房当学徒。二十三岁获药剂硕士学位，同年应征入伍。第一次世界大战中因服毒过量死于前线，年仅二十七岁。主要作品有：散文《梦魇与癫狂》（1914）；散文诗《启示与没落》（1914）；剧本《海市蜃楼》（1906）、《蓝胡子》（1908，断片）；诗集《梦中的塞巴斯蒂安》（1915）、《取自金圣餐杯》（1939）。最后这部诗集恰好可以概括诗人的一生，因为"圣餐杯"（Kelch）在德文中原有三层含义：圣餐杯（宗教），花萼（性），苦难。

诗人很早就开始酗酒、吸毒，并对妹妹有变态的爱情，这也是他终生无法摆脱的罪孽感的肇因。这种经历在诗中留下了许多抹不掉的痕迹："在阴暗的枞树下，两匹狼曾以僵硬的拥抱，混合它们的血液"

(《基督受难》)。为了解脱罪孽感的折磨,他甚至逃入"单性"(即两性同一)的梦幻之中。(或可联想到原罪,夏娃不原是亚当身上一条肋骨吗?)

一方面是诗人的负罪感:"爱太少,正义和怜悯太少,爱始终太少;冷酷、高傲和罪孽太多太多——这就是我。"另一方面,生在萨尔茨堡——一座历史悠久的文化古城,诗人亲眼目睹了奥匈帝国的衰亡,这似乎反映出人类文明的没落,他感到人类从未像现在这样沉沦。这是一个肉体因过度纵欲而腐烂,灵性荡然无存的时代:"苦难的毒钩永远留在腐烂的肉体,惊悸的灵魂在睡梦中深深叹息。"他所处的环境成为他心灵的桎梏,像恶魔一样时时驱迫、追猎着他,加剧了他固有的精神危机:忧郁、彷徨、痛苦、绝望,直到癫狂的边缘。

诗人哀叹着"没有人爱过他""金色的日子默默终止",个人的厄运和种族(人类)的厄运叠合成一个浓重的阴影,化为他的诗的背景和氛围:"这个由污秽和腐烂构成的讽刺形象是一个无神的、被诅咒的世纪的最忠实的镜像"。(诗人自供)于是,这只"笼中的乌鸫鸟","这头暗自泣血的兽",像一个死者穿过黑色的都市,他颠覆它,犹如一个"被诅咒者"颠覆一座地狱。他的使命是"时刻思考人的白色形象"。

既然以厄运为背景和氛围，诗的基调当然是死亡。无论花的"飘零"，果实的"坠落"，或是船的"沉没"，星辰的"陨落"，无不指向不可逃避的死——与灵魂的升华相反的肉体的堕落。诗人描写"年"，从春夏到冬，秋天是死亡的季节和过渡；诗人描写"天"，从白日到夜，傍晚是死亡的时辰和过渡。而这死亡恰是都市的死亡："所有的街道注入黑色的腐烂"。然而，死亡同时又是灵魂复活的契机，因为死亡意味着"分离"，即灵魂离弃肉体，正是在这种意义上，"灵魂歌唱死亡，肉体绿色的腐烂"。

诗人是"夭亡者"，他早已死去。这个白天的"死影"离开了空空荡荡的家，跨进吞噬着"被诅咒的种族"的黑夜。或可理解为他已经经历了死亡，或者他想逃避春夏的繁盛和白日的喧嚣，或者他敏感地预知了这必然的结局。总之，诗人的心灵很早就开始了昏暗、沉默、孤独的流浪。黑夜召唤着它："快踏上了星星的旅程"。诗人渴望灵魂重逢的秋天，"纯净的蓝光逸出朽坏的躯壳"；渴望回到宁静的童年（暗接"更宁静的、尚未出现的早先"）；渴望结束痛苦的流浪，"栖居在夜的蓝色灵光里"。"特拉克尔的诗歌在唱着还乡之歌"，"在唱着灵魂之歌，灵魂是'大地上的异乡者'，大地是还乡的种类的更宁静的家园，灵魂在大地上流浪"。①

诗人始终吟唱着一首歌,这首歌的主旋律是死亡与复活的二重奏。死缘于罪,但死旨在赎罪,赎罪即复活。漂泊无依的灵魂苦苦寻觅着自己的归宿,"在夜的墓拱里","在安息与沉默里"。

诗人对现实的拒斥缘于他对古老的"规范"和"律法"的刻骨铭心的留恋:远古虔诚的信徒,更高贵的僧侣时代(已经淹没在都市的喧嚣声中);他躁动不安的心灵始终仰慕田园牧歌的宁静:"牧童走过暮沉沉的树林,身后紧随着红兽,绿花和潺潺的流泉,无比谦卑"。在他的诗中,祖辈代表温馨的过去,父辈意味着哀亡的开端,孙辈(相对于祖辈而言)则不得不承受"异化的种族的厄运",面临末日的审判。正因为瞩目于传统的续承(或传统的断裂!),诗人的笔触几乎没有超出"血液""家族""种族"的范围。他的诗句如远古巫士的咒语,唱出了欧罗巴的挽歌:"一个伟大的种族的哀怨;它如今随孤独的孙辈虔诚地逝去。"

特拉克尔的诗想象奇诡,意境深远,但又不失真

---

① 海德格尔:《诗中的语言》,见刘小枫主编《20世纪西方宗教哲学文选》下卷,第1257页,上海三联书店。这篇文章对理解特拉克尔的诗歌颇有启发意义。

实自然，具有强烈的内在节奏。诗人擅长象征手法，尤其喜用色彩，并将情绪和蕴涵不着痕迹地注入色彩之中。除了"蓝色"单一地象征神圣的灵性，其他色彩几乎均有双重甚至多重含义："'绿'是指腐烂和繁盛，'白'是指苍白和纯粹，'黑'是指黑暗的封锁和昏暗的掩蔽"，"红色"象征肉欲和柔情，"银色"象征死亡和纯洁，"金色"象征童年的真实和都市的恶，"褐色"象征成熟和衰败，"昏暗"（"朦胧"）则象征癫狂、神秘和傍晚（"西方"直译为"傍晚的国度"）。

"水"对诗人有一种特殊的魅力。池塘、湖泊、水井、山泉、小溪、河流常常使他流连忘返。在他的笔下，"水"是沉沦的引子（"年的那一天黯淡无光，当男童悄悄走下清洌的湖水，走向银色的鱼"）；是"合理的观看"的场景（"随轻舟漂下蓝色的小河，如画的风景——展现"）；是没落的标志（在"安息和沉默中漂向没落"）；也是梦寐以求的归宿（"我栖居在清洌山泉那晶莹的浪花里"）。水的"清洌"则暗指从"昏暗的癫狂"中醒来。在他的诗中，都市和田园对比强烈，表现出诗人鲜明的情感取向。"骨质""石质""金属的"都市隐喻"腐朽""冷漠""严酷"；"葡萄园""树林""牧场""小径"则令诗人心醉神迷，梦魂牵绕。

一直到死,诗人始终呼唤着"白色的妹妹",始终哀怨着"沉醉罂粟"和"昏暗的癫狂",他的创作激情无疑发源于个人的经历和命运。可是,在赎罪的痛苦挣扎中,他终于意识到希望与信仰、与爱连结在一起:"爱——人们或可获救!"他的诗没有深奥的哲理,只是直指生命本身。他用诗写他的生命,也用生命写他的诗。尤其临死之前,在空前残忍的战场上,他仿佛看见了末日的景象。就在此刻,他久已迷蒙的心灵豁然洞明,净化的情感升华到前所未有的高度,生的痛苦和恐怖因死的莅临而淡化,个人的命运与整个人类的命运交相融合,鲜血为赎罪而抛洒,生命作悔悟的牺牲,一曲绝唱令人叹为观止:沉静,冷凛,哀而不怨,弥漫着一片爱。"死一般的存在瞬间之感觉:每一个人都值得爱。你醒来感觉到世界的苦难;你所有未赎的罪尽在其中;你的诗是一次不完全的赎罪。"(诗人死前语)

睡与死,阴郁的鹰
彻夜绕此头颅喧嚣;
永恒的冰浪
吞噬着人的金像。
紫色的躯体

在可怕的暗礁上粉碎。

——诗人绝唱

人的金像已被吞噬。人的白色形象只能在"远离时代喧嚣"的地方。因此，这头蓝色的兽始终追随着它的朦胧小径。这条小径通向复活，因为"复活者相遇在夜晚的小径上"，当复活节的钟声敲响，"昏暗的癫狂终于震颤坠离长眠者的前额"。这条小径通向童年，因为童年回荡着"灵性岁月的谐音"，是"纯正的日子""完美无缺的寂静""圣洁的蓝光"。"终结昏暗的忍耐"最终衔接着"开端金色的眼睛"，诗人最终"奇异地蜕入更寂静的童年……"

回归童年是所有浪漫派诗人共同的梦想，他们企图以此解除人类的痛苦，挽救人类日益沉沦的灵魂。但这毕竟只是一个梦想。其根据在于，首先，个体与整体的矛盾必然产生痛苦。随着人类社会的发展，个体与整体的关系越来越密切，但个体的自我意识也越来越强烈，这势必加剧个体与整体的矛盾，人类无法避免更大更深的痛苦。[1]其次，自文艺复兴以降，人文主义肆意抬高人的地位，令人几欲取代上帝（"上帝

---

[1] 参阅舍勒"受苦的意义"，见舍勒《爱的秩序》，香港三联出版社，1994年。

死了！"）。空空荡荡的圣殿黯然失色，人类日益疏远上帝，几乎不再关心（属灵的）终极价值，转而狂热地追求肉体的幸福。可是与此同时，人的灵魂却陷入了前所未有的孤独迷惘，它在痛苦中呻吟。这恐怕并不仅仅是一个历史的插曲。或许可以断言，这是人类历史的一个不可避免的漫长阶段。

正如成年人不再可能回到童年，人类也不再可能回到远古。一切拯救必须是现实的和尘世的拯救。真正的诗人既是为痛苦而生，就必须正视并承当痛苦。诗人的使命既是为人类指点迷津，就必须思考并挽救人类的命运——以爱，以爱的牺牲，以牺牲的行动。因为一颗正在破碎的心靠他扶持！

特拉克尔已经为此竭尽全力，直到他独守的命星陨落，他的刽子手终于搜寻到他。可是，他的歌声将永远让人们"记住这个男童，他的癫狂，他的沉沦，睁着蓝眼睛的腐烂者"，"这个神圣的异乡人"。

附 记

最早接触特拉克尔是在一九八八年，当时翻译了他的传记和部分诗歌。一九九一年译出诗人的主要作品，说实话我该感谢岷江边上的那座小县城，在那里饮酒荡舟让我找到了译诗的感觉。到一九九三年定稿又作了两次大的修订。十余年一晃而过，我面前的手稿已有些泛黄。这次出版除通盘校定之外，还补译了二十多首诗，总数已达到诗人全部作品的三分之二以上。对这位命运多舛的诗人，我的崇敬和喜爱不曾因岁月的流逝而稍减，这本小书也算是献给特拉克尔的一份祭奠。

原来的译后记也许过于激情，语言也偏华丽，但我想还是让它保持原貌，那是当时的真实感受，而且现在看来，对特拉克尔的把握可以说基本上是准确的。特拉克尔研究主要有两种倾向：一是探秘索隐，着重从诗人的经历——尤其从他跟妹妹的关系——去考证作品；一是以海德格尔为代表的形而上学派，试图纯粹从基督教神学的角度阐释作品。这两种倾向大概皆有失偏颇，需要加以适当的综合。特拉克尔的诗无疑发源于他自身的经历，甚至可以说，妹妹格蕾特是解读诗中"密码"的一把钥匙。但诗人的负罪感绝不仅限于他自己，而是延及种族和整个人类。伴随着日益强烈的负罪感，他心中萌发了一种更为强烈的愿望，一种赎罪的要求，诚如诗人所言："你的诗是一次不完全的赎罪。"由此才可以解释特拉克尔为什么那样渴望黑夜和死亡，这种赎罪之死固然是他个人的解脱，却更与人类的命运息息相关，因为"死是罪的工价"。罪人死去（不管取哪种形式），才有复活，"新人"才能诞生。正是基于这种牺牲精神，特拉克尔的诗最终归入那种广被众生的爱并因此而触及永恒。假如没有罪人，上帝的存在也许是多余的。特拉克尔诗歌的独特价值在于它以个体的生存及体验，昭示了一个罪人的忏悔和极其艰难的赎罪历程，印证了灵性乃至神性的光芒，这对每个人都有启示意义。

特拉克尔是一个兰波似的天才诗人。一朵在花期凋谢的花随沉沉夜色飘落大地。他最早的作品（《诗集》）具有巴洛克风格，华丽的堆砌，充盈的激情，似青春灿烂而满溢。《梦中的塞巴斯蒂安》显示出他成熟的诗艺，气韵舒畅，收发自如，透出一种悲切而肃穆的美。晚期的诗（《勃伦纳》诗篇和遗作的后面部分）则冷峻凝缩，仿佛他的诗才已随他的生命一道枯竭。就师承而言，特拉克尔无疑大量吸取了诺瓦利斯的思想精华，诸如对夜与死的渴望，对罪孽与信仰的悔悟等等。性爱（Eros）——快感——罪感——死亡——赎罪——信仰——圣爱（Agape），极其相似地画出一个螺旋上升的圆圈，始终追寻着那朵梦中的"蓝花"。在语言形式上（尤其自由诗），荷尔德林诗体的痕迹恐怕很难抹掉，常规的句子结构被随意拆解，再别出心裁地嫁接起来，并且处理得恰到好处，从而使德语的表现力发挥到了极致。当然，特拉克尔的风格已自成一体，堪称生命的绝唱，浑然的天籁。色彩和声音、意象和韵律、感觉和感悟从诗人的口中唱出来，就成了一首唯一的歌，一首垂死的或死而重生的乌鸫之歌。